CAYO JULIO CÉSAR

COMENTARIOS SOBRE LA GUERRA CIVIL

COMENTARIOS SOBRE LA GUERRA CIVIL
CAYO JULIO CÉSAR

©Astria Ediciones
Diseño de portada: Andrea Rodríguez—Mariana Turcios
Supervisión Editorial: Óscar Flores López
Administración: Tesla Rodas y Jessica Cordero
Director Ejecutivo: José Azcona Bocock

Primera edición
Tegucigalpa, Honduras—Marzo de 202

LIBRO PRIMERO: RECHAZO AL DIÁLOGO Y MANIPULACIÓN POLÍTICA

Después de que Fabio entregó a los cónsules la carta de Cayo César, fue difícil convencerlos de que la leyeran en el Senado, a pesar de las insistencias de los tribunos del pueblo. Sin embargo, ni siquiera esto fue suficiente para que aceptaran debatir su contenido, y solo pusieron sobre la mesa los asuntos generales de la República.

Lucio Lentulo, uno de los cónsules, prometió no abandonar al Senado ni a la República, siempre y cuando se votara con firmeza y determinación. Sin embargo, advirtió que si intentaban favorecer a César y congraciarse con él, como lo habían hecho hasta el momento, él mismo tomaría su propio camino sin considerar la autoridad del Senado, pues también sabría ganarse el favor y la amistad de César.

En el mismo tono se expresó Escipión, asegurando que Pompeyo estaba decidido a no abandonar la República si contaba con el apoyo del Senado. Pero si este se mostraba vacilante y titubeante, después, aunque lo deseara, imploraría en vano su ayuda.

Dado que el Senado se encontraba en Roma y Pompeyo estaba a sus puertas, esta declaración parecía haber salido directamente de su boca. Algunos senadores propusieron posturas más moderadas. Marco Marcelo, por ejemplo, argumentó que no se debía discutir el destino de la República hasta que se hubieran completado los reclutamientos en toda Italia y los ejércitos estuvieran preparados, asegurando así que el Senado pudiera deliberar con seguridad y sin presiones.

Marco Calidio sugirió que Pompeyo debía retirarse a sus provincias para evitar cualquier conflicto, ya que César sospechaba que, al haberle arrebatado sus dos legiones, Pompeyo solo buscaba usarlas contra él y mantener el control militar en Roma. Marco Rufo compartía una opinión similar, aunque con algunas diferencias en su argumentación.

Lucio Lentulo se opuso enérgicamente a estas propuestas y se negó a someter a votación la sugerencia de Calidio. Marcelo, intimidado por sus reproches, retiró su postura. Así, la mayoría, presionada por la actitud hostil del cónsul, el temor al ejército presente y las amenazas de los seguidores de Pompeyo, terminó aceptando la propuesta de Escipión: "César deberá disolver su ejército dentro de un plazo determinado, o de lo contrario será declarado enemigo de la República".

Marco Antonio y Quinto Casio, tribunos del pueblo, se opusieron a esta decisión. De inmediato se convocó una sesión extraordinaria para debatir su protesta, donde se dictaron resoluciones extremas. Quien se expresaba con mayor dureza contra César recibía mayores aplausos de sus adversarios.

Al finalizar la sesión del Senado en la tarde, Pompeyo reunió a los senadores, elogió a quienes habían demostrado mayor fervor y los animó a continuar en la misma línea. Por otro lado, reprochó la falta de decisión de algunos y los instó a actuar con más determinación.

Mientras tanto, veteranos de Pompeyo fueron convocados desde distintas partes con promesas de recompensas y ascensos. También se llamó a soldados de las dos legiones que habían sido transferidas desde el ejército de César. Así, Roma comenzó a llenarse de tropas.

Cayo Curión exhortó a los tribunos del pueblo a defender los derechos del Senado y la legalidad de las Cortes. En ese momento, todos los aliados de los cónsules, los familiares de Pompeyo y los adversarios de César ingresaron al Senado. Su presencia intimidó a los indecisos y fortaleció a quienes dudaban, aunque la mayoría quedó sin libertad para votar.

El censor Lucio Pisón y el pretor Lucio Roscio se ofrecieron a viajar a César para informarle de lo ocurrido y solicitaron seis días de plazo para cumplir su misión. También se propuso enviar delegados que comunicaran la postura del Senado a César.

Sin embargo, estas iniciativas fueron bloqueadas por el cónsul, Escipión y Catón. A Catón lo movía su vieja enemistad con César y el resentimiento por haber sido rechazado políticamente. A Lentulo lo impulsaban sus numerosas deudas y su ambición de comandar ejércitos y gobernar provincias, convencido de que, al obtener estos títulos, podría convertirse en un nuevo Sila y ejercer un poder absoluto.

Escipión, por su parte, tenía la esperanza de recibir un alto mando militar y una provincia, confiando en que Pompeyo compartiría el poder con él debido a su parentesco. También lo motivaba el temor a investigaciones futuras, así como el deseo de congraciarse con los poderosos, que en ese momento controlaban la República y los tribunales.

Pompeyo, influenciado por los enemigos de César y por su propia ambición de no compartir el poder con nadie, había roto completamente su relación con él y se había aliado con aquellos que en otro tiempo fueron sus rivales. Además, avergonzado por haberse quedado con las dos legiones destinadas a Asia y Siria para fortalecer su posición, estaba decidido a resolver la situación por la vía militar.

Por estas razones, todo se manejó con apresuramiento y desorden. No se permitió que los familiares de César lo informaran sobre la situación, ni que los tribunos del pueblo garantizaran su propia seguridad o siquiera ejercieran su derecho de protesta, el último recurso que Lucio Sila les había dejado.

Al séptimo día, se vieron obligados a pensar en su propia protección, cuando en tiempos pasados incluso los tribunos más radicales no solían temer hasta el mes octavo de su mandato.

Finalmente, se recurrió a la promulgación del último decreto del Senado, una medida extrema que solo se había utilizado en los momentos más críticos de Roma y en situaciones de emergencia absoluta. Su contenido era el siguiente:

"Que los cónsules, pretores, tribunos del pueblo y procónsules de la jurisdicción de Roma velen por la seguridad de la República."

Este decreto se publicó el 7 de enero. Así, en apenas cinco días desde el inicio del consulado de Lentulo, sin contar los dos días de audiencia pública, se emitieron las decisiones más drásticas contra el poder de César y contra los tribunos, que ostentaban la más alta representación popular.

Estos últimos huyeron de inmediato de Roma y se refugiaron junto a César, quien se encontraba en Rávena, aún esperando una respuesta a sus justas proposiciones, con la esperanza de encontrar una solución pacífica para evitar la guerra civil.

Pocos días después, se celebró una sesión del Senado fuera de Roma. Allí, Pompeyo reafirmó lo que ya había declarado a través de Escipión y elogió la valentía y determinación del Senado. También hizo alarde de su poder, asegurando que tenía bajo su mando diez legiones y que sabía con certeza que los soldados de César estaban descontentos y no lo seguirían.

Se discutió la organización de reclutamientos en toda Italia, el envío de Fausto Sila como pretor a Mauritania y la concesión de fondos a Pompeyo desde el erario. También se propuso reconocer al rey Juba como aliado y amigo, aunque Marcelo se opuso, considerando inoportuno el momento.

A través de maniobras políticas, se asignaron provincias y mandos militares a senadores afines, sin esperar la aprobación popular. Escipión recibió Siria, y Lucio Domicio, la Galia.

Por primera vez en la historia, los cónsules abandonaron Roma, mientras que particulares recorrían la ciudad con escoltas armadas. Se ordenaron reclutamientos en toda Italia, se exigieron armas a las ciudades, y se saquearon templos y erarios, violando todas las leyes humanas y divinas.

Asegurado de la voluntad de sus soldados, César marcha con ellos a Rimini, donde se encuentra con los tribunos que han buscado refugio en él. Llama a las demás legiones desde sus cuarteles de invierno y ordena que lo sigan.

Allí llega Lucio César el Joven, cuyo padre era legado de César. Luego de exponer el motivo de su misión, le transmite algunos mensajes privados de parte de Pompeyo: que este deseaba justificarse ante César para que no interpretara como un desaire personal lo que hacía en nombre de la República; que siempre había antepuesto el bien común a los compromisos individuales; que César, por honor y por respeto a la República, debía abandonar su obstinación y su enojo, evitando así ensañarse con sus enemigos, pues al intentar perjudicarlos, podía terminar dañando más a la República. A este discurso añadió otros argumentos en defensa de Pompeyo. De manera similar habló el pretor Roscio, asegurando haber escuchado lo mismo de boca del propio Pompeyo.

Aunque estas palabras no parecían suficientes para reparar las injurias, César aprovechó la oportunidad de enviar un mensaje a Pompeyo a través de personas de confianza. Así, pidió a ambos emisarios que, ya que le habían hablado en nombre de Pompeyo, no se negaran a llevarle su respuesta, pues con muy poco esfuerzo podrían evitar grandes conflictos y librar a toda Italia de la incertidumbre.

César respondió que siempre había puesto el bienestar de la República por encima de todo, incluso de su propia vida. Lo que realmente le dolía era haber sido despojado, de manera injusta y humillante, del favor del pueblo romano, además de haber sido obligado a regresar a Roma sin el gobierno que aún le correspondía por medio año. Esto contradecía el mandato que establecía que debía ser tenido en cuenta, aun en su ausencia, para la elección de cónsules. Sin embargo, por amor a la República, había soportado con paciencia esta afrenta.

Añadió que había escrito al Senado proponiendo que todos depusieran las armas, pero ni siquiera eso le fue concedido. En cambio, por toda Italia se estaban reclutando tropas; las dos legiones que le habían sido arrebatadas bajo el pretexto de luchar contra los partos aún no le habían sido devueltas; la ciudad estaba en armas. ¿Cuál era el propósito de todo este despliegue militar, si no su propia ruina?

A pesar de ello, aseguró que se sometería a cualquier condición por el bien de la República. Propuso que Pompeyo se retirara a sus provincias y que ambos licenciaran a sus tropas, permitiendo así que Italia quedara libre de armas y que Roma recuperara la tranquilidad. Además, sugirió que se garantizaran las condiciones del acuerdo bajo juramento, y que o bien Pompeyo se acercara más, o bien se le permitiera a él ir a su encuentro, convencido de que un diálogo directo resolvería sus diferencias.

Roscio y Lucio César aceptaron la misión y se dirigieron a Capua, donde encontraron a los cónsules y a Pompeyo. Expusieron las demandas de César, y tras deliberar, estos dieron una respuesta por escrito, la cual enviaron de vuelta por los mismos emisarios. En ella establecían las siguientes condiciones:

César debía retirarse a la Galia, abandonar Rimini y licenciar a sus tropas. Solo entonces Pompeyo partiría a España. Mientras tanto, hasta asegurarse de que César cumpliera lo prometido, ni los cónsules ni Pompeyo suspenderían los reclutamientos.

Esta respuesta evidenciaba una clara injusticia. Pretendían que César abandonara Rimini y regresara a su provincia, mientras ellos retenían provincias y legiones ajenas. Le exigían que desmovilizara a sus soldados, mientras ellos continuaban sus reclutamientos. Prometían que Pompeyo se retiraría a su gobierno, pero sin fijar un plazo, lo que le permitiría permanecer en Italia incluso después de que terminara el consulado de César, sin que pudiera ser acusado de faltar a su palabra o de actuar con perfidia.

Además, al no concederle la oportunidad de negociar cara a cara, cerraban toda posibilidad de paz. Ante esta situación, César tomó la iniciativa: desde Rimini, envió a Marco Antonio con cinco cohortes a la ciudad de Arezzo, mientras él permanecía en Rimini con dos cohortes más y continuaba con los reclutamientos. Guarneció Pésaro, Fano y Ancona con una cohorte en cada una.

Durante estos movimientos, César recibió noticias de que el pretor Termo había ocupado Gubio con cinco cohortes y estaba fortificándola. Sin embargo, la población estaba a favor de César.

Por ello, envió a Curión con tres cohortes desde Pésaro y Rimini para tomar la ciudad. Al enterarse de su llegada, Termo, desconfiando de la lealtad de los ciudadanos, decidió retirar sus tropas. No obstante, en el camino, sus soldados lo abandonaron y regresaron a sus hogares. Curión fue recibido en Gubio con gran entusiasmo.

Estas noticias fortalecieron la confianza de César en el apoyo de las ciudades. Así, retiró de sus posiciones a las cohortes de la legión XIII y marchó hacia Osimo, una plaza fuerte defendida por Accio Varo con algunas cohortes de guarnición. Al mismo tiempo, envió senadores a las regiones cercanas para reclutar más soldados.

Al conocer la llegada de César, el ayuntamiento de Osimo se presentó en pleno ante Accio Varo y le hizo una advertencia:

"No nos corresponde decidir, pero los ciudadanos no tolerarán que se le cierre la puerta de la ciudad a César, quien ha sido general en tantas campañas y es un hombre digno de la República. Piense en su reputación y en el peligro que le acecha."

Movido por estas palabras, Varo ordenó la retirada de su guarnición y huyó. Sin embargo, algunos soldados de las primeras filas de César lo alcanzaron y lo forzaron a detenerse. En la refriega, sus propios hombres lo abandonaron. Algunos se dispersaron a sus casas, mientras que otros se rindieron a César. Entre los prisioneros se encontraba Lucio Pupio, un centurión veterano que había servido anteriormente en el ejército de Cneo Pompeyo.

César, tras elogiar a los soldados de Varo, concedió la libertad a Pupio y expresó su gratitud a los ciudadanos de Osimo, prometiéndoles recordar sus servicios.

Publicadas estas noticias en Roma, se desató un pánico repentino. El cónsul Lentulo, que se disponía a retirar dinero del erario por orden del Senado para entregárselo a Pompeyo, huyó de la ciudad apresuradamente, dejando las arcas abiertas, pues se había difundido el falso rumor de que César estaba en camino y su caballería ya se encontraba en las puertas de Roma.

Tras su huida, su colega Marcelo y los demás magistrados también abandonaron la ciudad. Cneo Pompeyo, que había partido de Roma un día antes, se dirigía hacia las legiones que había recibido de César, las cuales estaban acuarteladas en la Pulla bajo sus órdenes. Las levas en Roma fueron suspendidas de inmediato, y nadie se sintió seguro hasta llegar a Capua. Una vez allí, comenzaron a recuperar la calma y a organizar el reclutamiento de colonos establecidos en esa región por la ley Julia.

Lentulo, al encontrar en Capua a los gladiadores que César tenía entrenando en la ciudad, decidió declararlos libres y les proporcionó caballos para que lo siguieran. Sin embargo, al recibir críticas de sus propios seguidores por esta medida, decidió distribuirlos entre diferentes familias de la jurisdicción de Campania para que sirvieran como guardias.

Mientras tanto, César, avanzando desde Osimo, recorrió toda la Marca de Ancona, siendo recibido con entusiasmo en todas las ciudades de la región, que le proporcionaron suministros para su ejército. Incluso desde Cingoli, una ciudad fundada por Labieno, llegaron emisarios ofreciéndole su lealtad y dispuestos a servirle en todo lo que ordenara. César les pidió que le proporcionaran soldados, y ellos accedieron.

En ese momento, la legión duodécima se unió a él, y ya con dos legiones tomó el camino hacia Ascoli, una ciudad de la Marca. Allí se encontraba Lentulo Espinter con diez cohortes, pero al enterarse de la llegada de César, abandonó la ciudad. Trató de llevarse consigo a su guarnición por la fuerza, pero la mayoría de los soldados desertaron.

En su retirada, con los pocos hombres que le quedaban, se encontró con Vibulio Rufo, quien había sido enviado por Pompeyo a la Marca de Ancona para mantenerla bajo su control. Vibulio, al recibir noticias de Lentulo sobre la situación en la región, tomó el mando de los soldados y los despachó. Además, reunió todas las tropas posibles de los reclutamientos de Pompeyo y logró sumar a seis cohortes de Ulcile Hirro que huían desde Camerino, donde estaban destacadas. Con estas fuerzas, completó un total de trece cohortes y marchó a grandes jornadas hasta Corfinio, donde se unió a Domicio Enobarbo, informándole que César se acercaba con dos legiones.

Domicio, por su parte, había logrado formar veinte cohortes con tropas de Alba, los marsos, los pelignos y otras regiones cercanas.

Después de tomar Ascoli y expulsar a Lentulo, César ordenó buscar a los soldados desertores de este y continuar con el reclutamiento. Tras un día de descanso para abastecerse de víveres, se dirigió directamente a Corfinio.

A su llegada, cinco cohortes enviadas por Domicio estaban intentando derribar un puente situado a tres millas de la ciudad. Sin embargo, fueron sorprendidas por los batidores de César y, tras un breve enfrentamiento, se vieron obligadas a retirarse de inmediato a la plaza. César cruzó sus legiones y estableció su campamento junto a las murallas de la ciudad.

Al ver esto, Domicio envió mensajeros a Pompeyo en la Pulla, ofreciéndoles grandes recompensas por llevar su mensaje. En él, le suplicaba ayuda con insistencia: "Es fácil acorralar a César entre los dos ejércitos, cortar sus líneas de suministro y aislarlo. Si no me socorres, más de treinta cohortes, junto con un gran número de senadores y caballeros romanos, estarán al borde de la destrucción".

Mientras tanto, Domicio trataba de infundir ánimo en sus tropas. Fortificó las murallas y asignó a cada hombre su puesto de defensa. Además, ofreció públicamente a sus soldados tierras de su propia herencia: cuatro yugadas por cabeza, con incrementos proporcionales para los centuriones y oficiales voluntarios.

En medio de estos preparativos, César recibió información de que la ciudad de Sulmona, situada a siete millas de Corfinio, estaba dispuesta a rendírsele, aunque dos oficiales, Quinto Lucrecio y Accio Felino, se oponían con siete cohortes que defendían la plaza.

De inmediato, envió a Marco Antonio con cinco cohortes de la séptima legión. Al avistar las banderas de Antonio, los habitantes de Sulmona abrieron las puertas de la ciudad y, junto con los soldados de la guarnición, salieron a recibirlo entre vítores. Lucrecio y Accio intentaron huir descolgándose por los muros, pero Accio fue capturado y pidió ser llevado ante César. Antonio regresó ese mismo día con las cohortes rendidas y con Accio como prisionero.

César integró estas cohortes a su ejército y permitió que Accio se marchara libre. Los primeros tres días los dedicó a fortalecer su campamento y asegurar el suministro de trigo de las regiones cercanas, mientras esperaba la llegada del resto de sus tropas. Durante este tiempo, se le unieron la octava legión, veintidós cohortes recientemente reclutadas en la Galia y cerca de trescientos jinetes enviados por el rey de Nórico.

Con estas fuerzas, estableció un segundo campamento al otro lado de la ciudad, bajo el mando de Curión. En los días siguientes, inició el sitio de Corfinio, cercándola con fortificaciones y torres de asedio. Cuando la mayor parte de la obra estuvo terminada, los emisarios de Domicio regresaron con la respuesta de Pompeyo.

Domicio, al leer la respuesta, ocultó su contenido ante su ejército y aseguró que Pompeyo llegaría pronto para auxiliarlos. Exhortó a sus tropas a mantenerse firmes y a continuar con la defensa de la ciudad.

Sin embargo, en privado, confesó a sus más cercanos su intención de huir. Su comportamiento pronto levantó sospechas: su rostro reflejaba más preocupación que en días anteriores, pasaba largas horas reunido en secreto con sus allegados y evitaba las asambleas y el contacto con los soldados.

Finalmente, no pudo ocultar más su plan. La carta de Pompeyo era clara: "No puedo arriesgarlo todo. Tú entraste en Corfinio sin mi consentimiento ni consejo. Si encuentras la manera de escapar, ven a mi campamento con todas tus tropas."

Pero esto ya no era posible. César había completado el cerco de la ciudad, y la única salida de Domicio se había cerrado.

Habiéndose divulgado el intento de fuga de Domicio, la guarnición se amotinó en plena siesta. A través de sus tribunos, centuriones y los soldados más influyentes, comenzaron a discutir entre ellos: "César nos tiene sitiados, las fortificaciones están casi terminadas y nuestro comandante, en quien confiamos, está tratando de escapar. Si él no piensa en nosotros, tendremos que velar por nuestra propia seguridad".

Al principio, los marsos se opusieron a la revuelta y tomaron el control de la parte más fortificada del castillo. La disputa llegó a tal punto que estuvieron a punto de enfrentarse en combate. Sin embargo, poco después, al intercambiar mensajes entre ambas facciones, descubrieron los planes de fuga de Domicio. Esto los unió en una sola decisión: sacaron a Domicio a la plaza, lo rodearon y lo pusieron bajo vigilancia. Luego enviaron emisarios a César informándole que estaban dispuestos a recibirlo, obedecerlo y entregarle a Domicio con vida.

Al enterarse de esto, César comprendió que era crucial tomar la ciudad de inmediato y trasladar la guarnición a su campamento para evitar cualquier cambio de opinión, ya fuera por sobornos, rumores o un resurgimiento de la moral enemiga. En la guerra, un solo instante podía cambiarlo todo. Sin embargo, temiendo que, en medio de la confusión nocturna, la ciudad fuera saqueada, aceptó la rendición con prudencia.

Recibió a los emisarios y les ordenó que reforzaran la vigilancia en las puertas y los muros. Por su parte, desplegó a sus soldados en la línea de asedio de manera continua, en lugar de en posiciones intercaladas como solía hacer. Además, asignó a tribunos y prefectos la tarea de patrullar durante toda la noche, con la orden estricta de impedir cualquier intento de fuga.

Nadie descansó. La tensión era palpable, y cada persona en la ciudad reflexionaba sobre su destino: qué sería de los habitantes de Corfinio, de Domicio, de Lentulo y de los demás prisioneros. Cada cual, según su estado de ánimo, imaginaba lo peor o esperaba lo mejor.

Cerca del amanecer, Lentulo Espinter se dirigió desde la muralla a las centinelas de César y pidió permiso para entrevistarse con él. Se le concedió la autorización y las puertas de la ciudad fueron abiertas. Sin embargo, los soldados de Domicio lo escoltaron hasta César para asegurarse de que no intentara escapar.

Al presentarse ante César, Lentulo suplicó por su vida, recordándole su antigua amistad y los grandes favores que había recibido de él: gracias a su influencia, había sido admitido en el colegio de pontífices, había ascendido de pretor a gobernador de España y había contado con su apoyo para alcanzar el consulado.

César lo interrumpió, diciéndole que no había salido de su provincia para hacer daño a nadie, sino para defenderse de los agravios de sus enemigos, restaurar la dignidad de los tribunos expulsados por su causa y liberar tanto a sí mismo como al pueblo romano del dominio de una facción.

Al escuchar esto, Lentulo, más tranquilo, pidió permiso para regresar a la ciudad y anunciar su perdón, asegurando que esto aliviaría el miedo de muchos, ya que algunos estaban tan desesperados que consideraban quitarse la vida. César le concedió la solicitud, y Lentulo se despidió.

Al amanecer, César ordenó que los senadores, tribunos militares y caballeros romanos capturados se presentaran ante él. Entre los prisioneros se encontraban Lucio Domicio, Publio Lentulo Espinter, Lucio Vibulio Rufo, Sesto Quintilio Varo, Lucio Rubio, el hijo de Domicio y otros jóvenes de familias influyentes. También había un gran número de caballeros romanos y magistrados municipales que habían sido convocados por Domicio.

Sin permitir que sus soldados los maltrataran ni de palabra ni de obra, César los reprendió brevemente por su falta de gratitud, recordándoles los grandes beneficios que él les había otorgado en el pasado. Luego los dejó en libertad.

Para demostrar que no era más indulgente con las personas que con el dinero, cuando los tesoreros de Corfinio le entregaron ciento cincuenta mil doblas de oro, que Domicio había llevado y depositado en la ciudad, se las devolvió, a pesar de que se sabía que era dinero público enviado por Pompeyo para pagar a las tropas.

Finalmente, ordenó que los soldados de Domicio le juraran fidelidad y, ese mismo día, después de haber estado siete días en Corfinio, levantó el campamento. Recorrió toda una jornada y, atravesando las tierras de los marrucinos, frentanos y larinates, ingresó en la Pulla.

Pompeyo, al enterarse de lo sucedido en Corfinio, partió de Lucera hacia Canosa y de allí a Brindis. Ordenó que todas las tropas recientemente reclutadas se dirigieran a unirse con su ejército. Armó a esclavos y pastores, asignándoles caballos y formando con ellos un escuadrón de trescientos hombres.

El pretor Lucio Manlio huyó de Alba con seis cohortes, mientras que el pretor Rutilio Lupo escapó de Terracina con tres. Sin embargo, cuando estas tropas divisaron a lo lejos la caballería de César, al mando de Bivio Curio, abandonaron a su líder, dieron la vuelta y se unieron a las fuerzas de César. Del mismo modo, en los días siguientes, varias unidades fueron capturadas por la infantería y la caballería de César.

En el camino, sus tropas apresaron a Cneo Magio de Cremona, un ingeniero de Pompeyo. César, en lugar de retenerlo, lo envió de regreso a Pompeyo con un mensaje: "Hasta ahora no hemos podido encontrarnos cara a cara. Dado que me dirijo a Brindis, donde te encuentras, el bienestar de la República exige que hablemos directamente. No es posible llegar a un acuerdo con intermediarios; un encuentro personal permitiría discutir las condiciones de manera más efectiva".

Después de enviar este mensaje con Magio, César llegó a Brindis con seis legiones, cuatro veteranas y dos formadas con nuevos reclutas. Mientras tanto, las cohortes de Domicio habían sido enviadas de Corfinio a Sicilia.

Allí supo que los cónsules habían partido hacia Dirraquio con gran parte del ejército, dejando a Pompeyo en Brindis con veinte cohortes. No estaba claro si su intención era mantener el control del puerto para dominar el Adriático y llevar la guerra a ambos frentes, o si simplemente estaba esperando más barcos para retirarse.

Temiendo que Pompeyo intentara abandonar Italia, César decidió bloquear su salida y negarle el uso del puerto. Para ello, diseñó una estrategia de construcción: en la zona más estrecha de la entrada al puerto, donde el mar era menos profundo, comenzó a construir un dique y un muelle desde ambas orillas.

En las áreas más profundas, donde no se podía erigir un dique, colocó dos hileras de barcazas cuadradas de unos nueve metros de lado, anclándolas en cada esquina para evitar que fueran arrastradas por las corrientes. A medida que se aseguraban las primeras, se añadían otras con la misma técnica. Luego cubrió estas estructuras con tierra y ramas para que sus hombres pudieran moverse libremente sobre ellas.

Para reforzar la defensa, instaló parapetos y barreras en los flancos. Además, cada cuatro barcazas construyó una torre de dos niveles para facilitar la resistencia contra los ataques de los barcos enemigos e impedir que incendiaran la estructura.

Pompeyo, al ver estas construcciones, armó varios grandes barcos de transporte que había requisado en el puerto. Levantó en ellos torres de tres niveles y los equipó con catapultas y todo tipo de armas arrojadizas. Luego, los envió contra las defensas de César con la intención de romper la línea de barcas y destruir el dique.

Así, todos los días se libraban escaramuzas, con combates a distancia usando hondas, arcos y proyectiles.

A pesar de estas hostilidades, César no dejaba de intentar una negociación pacífica. Le sorprendía que Magio, a quien había enviado con su propuesta, no hubiera regresado con una respuesta. Aunque la falta de avances en este tema obstaculizaba sus planes, seguía considerando necesario insistir.

Por ello, envió a su legado Caninio Rebilo, quien era amigo y pariente de Escribonio Libón, para que hablara con él. Le encargó que lo persuadiera de interceder por la paz y, sobre todo, que promoviera una reunión con Pompeyo.

César confiaba en que si lograba hablar personalmente con Pompeyo, podrían llegar a un acuerdo y evitar la guerra. También le aseguró a Libón que, si tenía éxito en esta mediación, se ganaría gran prestigio.

Libón transmitió el mensaje a Pompeyo, pero la respuesta fue clara: "Sin la presencia de los cónsules, no podemos negociar".

Ante esta negativa, César decidió abandonar los intentos de negociación y concentrarse por completo en la guerra.

Nueve días después, ya había completado casi la mitad de su proyecto de bloqueo cuando las naves que transportaron la primera parte del ejército de los cónsules a Dirraquio regresaron a Brindis.

Pompeyo, ya fuera por la preocupación que le causaban las obras de César o porque desde el principio había decidido abandonar Italia, comenzó a preparar la evacuación de sus tropas.

Para evitar que César irrumpiera en la ciudad antes de su partida, bloqueó las puertas con muros, cerró las calles con zanjas llenas de estacas puntiagudas y camufló estos obstáculos con una delgada capa de ramas y tierra. También selló los dos caminos que llevaban al puerto con enormes vigas afiladas.

Cuando todo estuvo listo, embarcó a sus tropas en completo silencio. Mientras tanto, dejó pequeños grupos de soldados apostados en las murallas y torres de la ciudad, compuestos por arqueros, honderos y tropas ligeras, con la instrucción de retirarse a una señal convenida. Para su escape, les dejó embarcaciones ligeras en un lugar seguro.

Los habitantes de Brindis, que estaban resentidos con Pompeyo por los abusos de sus soldados, simpatizaban con César. Así que, al notar los preparativos de huida, comenzaron a hacer señales desde los tejados para advertir a los soldados de César.

Al recibir esta información, César ordenó que se prepararan escalas y armas para asaltar la ciudad en el momento oportuno.

Al anochecer, Pompeyo zarpó. Los soldados que aún custodiaban las murallas recibieron la señal de retirada y se dirigieron apresuradamente al puerto para embarcarse.

Las tropas de César escalaron las murallas, pero, advertidas por los habitantes sobre las trampas ocultas, avanzaron con precaución. Guiados por un rodeo, lograron llegar al puerto, donde capturaron dos barcos que se habían quedado encallados en las defensas construidas por César.

César sabía que la mejor estrategia para concluir rápidamente la campaña sería formar una flota y perseguir a Pompeyo antes de que reforzara su ejército con aliados de ultramar. Sin embargo, Pompeyo, al haberse llevado casi todas las naves, le había dejado sin medios inmediatos para seguirlo.

La otra opción era esperar la llegada de barcos desde la Galia, la Marca de Ancona y el estrecho de Mesina, pero esto tomaría demasiado tiempo y resultaría complicado debido a la época del año.

Además, César no quería darle a Pompeyo la oportunidad de consolidar su poder en Hispania, una región en la que tenía muchos aliados y que le debía grandes favores. También temía que Pompeyo reuniera refuerzos de caballería o que, en su ausencia, la Galia e Italia se vieran amenazadas por otros conflictos.

Al dejar de lado la idea de perseguir a Pompeyo por el momento, César decidió dirigirse a España. Ordenó a las autoridades de todas las ciudades que prepararan naves y se encargaran de enviárselas a Brindis.

Envió al legado Valerio con una legión a Cerdeña y a Curión con tres legiones a Sicilia, dándole además poderes de pretor y la instrucción de que, una vez pacificada la isla, se dirigiera de inmediato a África.

En ese momento, Cerdeña estaba gobernada por Marco Cota, Sicilia por Marco Catón y el gobierno de África había sido asignado a Tuberón. Sin embargo, al enterarse los habitantes de Cagliari de la llegada de Valerio, se adelantaron a expulsar a Cota de la ciudad antes incluso de que Valerio partiera de Italia. Aterrorizado, Cota huyó de Cerdeña y se refugió en África.

Mientras tanto, Catón, en Sicilia, estaba ocupado reparando antiguas galeras y exigiendo a las ciudades la construcción de nuevas embarcaciones. También realizaba reclutamientos en Lucania y el Abruzo a través de sus oficiales y ordenaba a las ciudades que proporcionaran soldados de infantería y caballería.

Pero al enterarse de la llegada de Curión, se dirigió a una asamblea pública para expresar su descontento: "Nos han abandonado y vendido. Pompeyo, sin recursos, inició una guerra innecesaria. A pesar de que tanto yo como otros lo advertimos en el Senado, nos aseguró que todo estaba bajo control".

Tras esta queja pública, Catón huyó de la isla.

Cuando estos territorios quedaron sin gobierno, Valerio llegó con su ejército a Cerdeña y Curión a Sicilia.

Por su parte, cuando Tuberón llegó a África, encontró que Accio Varo ya se había hecho con el control de la provincia. Este último, tras perder sus cohortes cerca de Osimo, se había trasladado de inmediato a África y, sin una designación oficial, había asumido el mando del territorio vacante.

Conocedor del país por haber sido gobernador allí años antes, Varo aprovechó su experiencia y estableció dos legiones mediante reclutamientos locales.

Cuando Tuberón llegó a Útica con su flota, Varo le negó la entrada al puerto y no le permitió desembarcar, ni siquiera para dejar a su hijo, que estaba enfermo. En lugar de eso, lo obligó a levar anclas y abandonar el puerto.

Después de estos sucesos, César distribuyó a sus soldados en los pueblos cercanos para que descansaran mientras él se dirigía a Roma.

Convocó al Senado y expuso los abusos cometidos por sus enemigos. Explicó que nunca había aspirado a ningún cargo extraordinario, sino que simplemente había esperado el plazo legal para postularse al consulado, ejerciendo un derecho que ningún ciudadano debía perder.

Recordó cómo, a pesar de la oposición de sus adversarios y de los constantes intentos de obstrucción de Catón, el Senado había decretado, con la aprobación de diez tribunos y bajo el consulado de Pompeyo, que se le permitiera presentar su candidatura en ausencia.

Si Pompeyo desaprobaba ese decreto, ¿por qué permitió que se promulgara? Y si lo aprobó, ¿por qué luego trató de negarle ese derecho?

César también mencionó su disposición a renunciar voluntariamente a su ejército, aunque eso significaba sacrificar parte de su prestigio.

Mostró la injusticia de sus enemigos al exigirle condiciones que ellos mismos no estaban dispuestos a aceptar y cómo preferían sumir a Roma en el caos antes que renunciar a su poder.

Criticó el hecho de que le hubieran arrebatado sus legiones, la violencia ejercida contra los tribunos del pueblo y la negativa de sus adversarios a negociar, a pesar de sus múltiples intentos de lograr una reunión pacífica.

Pidió al Senado que asumiera su responsabilidad en la conducción de la República y le brindara su apoyo. No obstante, si temían involucrarse, él asumiría el mando sin causarles molestias. También propuso enviar emisarios a negociar con Pompeyo.

No le preocupaba lo que este último había dicho en el Senado, es decir, que enviar representantes a alguien era una señal de inferioridad y miedo. Para César, esas palabras reflejaban una mentalidad débil. Al igual que había intentado destacar en el campo de batalla, ahora quería distinguirse por su sentido de justicia y equidad.

El Senado aprobó la propuesta de enviar delegados, pero nadie quería asumir la misión. La razón principal era el miedo, pues cuando Pompeyo partió de Roma, advirtió en el Senado que consideraría partidarios de César a todos los que se quedaran en la ciudad.

Así se perdieron tres días sin ningún avance.

Los enemigos de César, al ver esta demora, sobornaron al tribuno Lucio Métela para que retrasara aún más la decisión y obstaculizara todas las demás propuestas de César.

Al darse cuenta de esta maniobra y habiendo ya perdido varios días sin resultados, César decidió no perder más tiempo. Salió de Roma sin haber concretado ninguno de sus planes y se dirigió a la Galia Ulterior.

Al llegar allí, supo que Pompeyo había enviado a España a Vibulio Rufo, a quien él mismo había capturado en Corfinio y luego liberado. También se enteró de que Domicio había partido rumbo a Marsella con siete galeras que particulares habían equipado en la isla de Giglio y Cala de Cosa. Estas naves estaban tripuladas con sus propios esclavos, libertos y campesinos.

Además, Pompeyo había enviado delegados a Marsella para persuadir a la ciudad de que le fuera leal. Al parecer, los notables de la ciudad, al salir de Roma, les habían dicho que no debían valorar los favores recientes de César por encima de los antiguos beneficios recibidos de Pompeyo.

Por esta razón, cuando César llegó a Marsella, encontró las puertas cerradas. Los habitantes habían pedido ayuda a los albicos, una tribu bárbara aliada desde hace mucho tiempo, y estaban reforzando sus defensas: almacenaban provisiones, reparaban murallas y puertas y fabricaban armas.

César convocó a quince de los principales ciudadanos de Marsella y les instó a no iniciar una guerra. Les recordó que debían seguir el ejemplo de Italia y no someterse a la voluntad de un solo hombre.

Los enviados regresaron con la respuesta del Senado de Marsella: "Sabemos que el pueblo romano está dividido en dos facciones, pero no nos corresponde decidir cuál es la justa. Tanto Cneo Pompeyo como Cayo César han sido benefactores de nuestra ciudad: el primero nos concedió las tierras de los volcas arecómicos y helvios, mientras que el segundo nos otorgó territorios en la Galia y aumentó nuestras rentas. Por ello, nos mantendremos neutrales y no apoyaremos a ninguno de los dos ni les concederemos acceso a nuestros puertos".

Mientras se intercambiaban estos mensajes, Domicio llegó a Marsella y fue recibido con honores. Inmediatamente asumió el mando militar de la ciudad y comenzó a preparar su defensa.

Ordenó requisar todas las embarcaciones mercantes de la costa para reforzar la flota, acopió provisiones y se preparó para un posible asedio.

Irritado por esta hostilidad, César envió tres legiones a Marsella y comenzó la construcción de bastiones y torres de asedio. Al mismo tiempo, ordenó fabricar doce galeras en Arlés, las cuales fueron construidas, armadas y enviadas a Marsella en solo treinta días.

Nombró a Decio Bruto al mando de la flota y encargó a Cayo Trebonio la dirección del asedio.

Mientras tanto, envió al legado Cayo Fabio con tres legiones a España, con la orden de tomar los pasos de los Pirineos, que en ese momento estaban en manos de Lucio Afranio, legado de Pompeyo.

Fabio, actuando con rapidez, desalojó a la guarnición del paso y avanzó a marchas forzadas contra el ejército de Afranio.

Con la venida de Vibulio Rufo, enviado, según se ha dicho, a España por Pompeyo, los tres legados de este, Afranio, Petreyo y Varrón (de los cuales el primero, con tres legiones, mandaba la España Citerior; el segundo, desde la sierra de Cazlona hasta el Guadiana con dos legiones; el tercero, con otras dos desde el Guadiana, tenía en su jurisdicción el territorio de los vetones y la Lusitania), convinieron entre sí que Petreyo, con todas sus tropas, viniese de la Lusitania por los vetones a juntarse con Afranio, y Varrón, con sus legiones, tomase a su cargo la defensa de toda la España Ulterior. Convenidos en esto, Petreyo exige de toda la Lusitania caballos y socorros, como Afranio de los celtíberos y cántabros y de todos los bárbaros que habitan las costas del Océano. Petreyo, luego que los hubo juntado, marchó a toda prisa por los vetones a unirse con Afranio. Unidos, resuelven de común acuerdo abrir la campaña en Lérida por las ventajas del sitio.

Eran tres, como arriba queda declarado, las legiones de Afranio; dos las de Petreyo, sin contar unas ochenta cohortes de soldados españoles: las de la España Citerior con escudos, y los de la Ulterior con adargas, y al pie de cinco mil caballos de una y otra provincia. César había enviado delante de sí sus legiones a España y, de tropas auxiliares, seis mil infantes y tres mil caballos, que le habían servido en todas las guerras pasadas, fuera de otros tantos escogidos por su mano en la Galia, llamando de cada ciudad, con expresión de nombre, a los más nobles y valientes de todos. Entre estos venía la flor de Aquitania y de las montañas confinantes con la Provincia Romana. Como corrió el rumor de que Pompeyo pensaba en pasar por la Mauritania con las legiones a España y que muy en breve vendría, tomó dinero prestado de los tribunos y centuriones y lo distribuyó a los soldados. Con lo cual logró dos cosas: el empeñar en su partida a los oficiales con el empréstito y el ganar las voluntades de los soldados con el donativo.

Fabio, con cartas y mensajes, procuraba sondear los ánimos de los comarcanos. Había hecho dos puentes en el río Segre, el uno a cuatro millas del otro. Por ellos enviaba en busca de forrajes, porque los que había a la parte de acá del río se consumieron los primeros días. Casi otro tanto y por la misma razón practicaban los capitanes del ejército pompeyano, y eran continuas de ambas partes las escaramuzas de la caballería. Como una vez, según la costumbre diaria, saliesen con los forrajeadores para escoltarlos dos legiones de Fabio y hubiesen pasado el río, siguiéndolas el bagaje y toda la caballería, sucedió que por un repentino huracán y grande aguacero se rompió el puente y quedó atajada mucha parte de la caballería. Conociendo esto Petreyo y Afranio por los ripios y zarzos que llevaba el río, pasando Afranio prontamente con cuatro legiones y toda la caballería el puente que tenía junto a la ciudad y a su campo, vino al encuentro de las legiones de Fabio. Avisado de su venida Lucio Planeo, que las mandaba, y estrechado por la necesidad, toma un altozano y las forma dando dos frentes a la batalla, para que la caballería enemiga no pudiese acordonarle. De esta suerte, combatiendo con menor número, sostuvo los grandes esfuerzos de las legiones y de la gente de a caballo. Trabado por la caballería el combate, unos y otros avistan a lo lejos los estandartes de dos legiones que Cayo Fabio enviaba por el otro puente al socorro de los nuestros, sospechando que los comandantes contrarios se aprovecharían de la ocasión y favor de la fortuna para sorprender a los nuestros, como sucedió. Con el refuerzo de las legiones cesa la pelea, y cada cual se retira con su gente a su respectivo alojamiento.

De allí a dos días llegó César a los reales con novecientos caballos que para su guardia se había reservado. Luego, por la noche, mandó reedificar el puente desbaratado por la tempestad, que aún estaba sin repararse. Él mismo, en persona, enterado de la situación de los lugares, deja para defensa del puente y de los reales seis cohortes con todo el bagaje y, al día siguiente, ordenado su ejército en tres columnas, toma el camino de Lérida, hace alto a vista del campo de Afranio y, parado allí un rato sobre las armas, presenta la batalla en el llano. Afranio, provocado, saca sus tropas y se apuesta en medio de una colina debajo de las trincheras. César, visto que por Afranio quedaba el no dar la batalla, determinó armar sus tiendas a cuatrocientos pasos de la falda del monte y, para librar a los soldados de sustos y de ser interrumpidos en sus trabajos, no quiso que se hiciese estacada, que necesariamente había de sobresalir y ser vista de lejos, sino que por la frente y parte del campo enemigo se abriese un foso de quince pies. El primer y segundo escuadrones se mantenían sobre las armas, formados como al principio; el tercero, encubierto tras de ellos, iba trabajando. Con eso se acabó la obra antes de que Afranio entendiese que se fortificaban los reales.

Al anochecer, César metió las legiones dentro de este foso, y en él pasó la noche sobre las armas. Al otro día, mantuvo el ejército dentro del foso y, atento a que la fagina se había de ir a buscar muy lejos, dio por entonces semejante traza para la obra, señalando cada lado de los reales a cada legión para que cuidase de atrincherarlo, con orden de tirar fosos de la misma grandeza. Las demás legiones las puso en orden de batalla, listas contra el enemigo. Afranio y Petreyo, para meter miedo y estorbar los trabajos, sacan fuera sus tropas al pie del monte y provocan a la pelea. Mas ni por eso interrumpe César la obra, fiado en las tres legiones y en el reparo del foso. Ellos, sin detenerse mucho ni alejarse de la falda del cerro, recogen las tropas a sus estancias. Al tercer día, César pertrecha los reales con la estacada y manda transportar de los de Fabio las cohortes y el fardaje que allí había dejado.

Entre la ciudad de Lérida y el collado inmediato, donde Petreyo y Afranio estaban acantonados, yacía una vega de trescientos pasos, y casi en medio de esta se hallaba una colina algo levantada, la cual, cogida y bien fortificada, esperaba César cortar a los enemigos el paso para la ciudad, para el puente y los bastimentos almacenados en la fortaleza. Con esta esperanza saca del campo tres legiones y, puestas en orden en lugares oportunos, hace que las primeras filas de una legión avancen de corrida a ocupar aquella colina. Observando este movimiento, las cohortes que hacían guardia en el campo de Afranio fueron por atajo destacadas a toda prisa para coger ese mismo puesto. Ármase la refriega; mas, como los de Afranio habían llegado antes, rechazan a los nuestros y, acudiendo más gente, los obligan a huir y retirarse a sus banderas.

La manera de pelear de los contrarios era esta: arremetían con gran furia; intrépidos en tomar puesto, no cuidaban mucho de guardar sus filas y combatían desunidos y dispersos; en viéndose apretados, no tenían por mengua el volver pie atrás y dejar el sitio, hechos a este género de combate peleando con los lusitanos y otros bárbaros; como de ordinario acaece que al soldado se le pega mucho de la costumbre de aquellos países donde ha envejecido. El hecho es que con la novedad quedan desconcertados los nuestros, no acostumbrados a semejante modo de pelear y creyendo que iban a ser rodeados por los costados descubiertos al verlos avanzar corriendo cada uno por sí, cuando ellos, al contrario, estaban persuadidos de que debían guardar las filas y no apartarse de las banderas ni desamparar sin grave causa el puesto una vez ocupado. Así que, desordenados los adalides, la legión de aquella ala flaqueó y retiróse al collado vecino.

César, viendo el escuadrón casi todo despavorido (cosa ni entonces pensada ni antes vista), animando a los suyos, envíales de refuerzo la legión nona, la cual reprime al enemigo que furiosamente iba persiguiendo a los nuestros, y aun le obliga a volver las espaldas y retirarse hacia Lérida hasta ampararse debajo del muro. Pero los soldados de la legión nona, por el demasiado ardor de vengar el desaire pasado, corriendo incautamente tras los fugitivos, se empeñan en un mal sitio, penetrando hasta la falda del monte sobre el cual la ciudad estaba fundada. Al querer de aquí retirarse, los enemigos desde arriba revolvieron la carga contra ellos. Era el lugar escarpado y pendiente de ambas partes, ancho solamente cuanto cabían en él tres cohortes escuadronadas, que ni podían ser socorridas por los lados ni amparadas en el trance por la caballería. Por la parte de la ciudad había un declive menos agrio, como de cuatrocientos pasos. Por aquí debía de ser la retirada de los nuestros, ya que su ardor inconsiderado los llevó tan adelante. Peleaban en este sitio igualmente peligroso por su estrechura, como porque, puestos a la misma raíz del monte, no malograban tiro los enemigos; sin embargo, a esfuerzos del valor y sufrimiento, aguantaban toda la carga. Íbanse engrosando los enemigos, destacando continuamente de las reales cohortes de refresco que pasaban por la ciudad a relevar a los cansados. Eso mismo tenía que hacer César para retirar a los cansados y reemplazarlos con gente de refresco.

Duró este combate cinco horas; mas, viéndose los nuestros cada vez más apretados de la muchedumbre, acabados ya todos los dardos, con espada en mano arremeten de golpe cuesta arriba contra las cohortes, y, derribados algunos, obligan a los demás a volver las espaldas. Habiendo hecho retirar a las cohortes hasta el pie de la muralla y parte de ellas dentro de la plaza por el temor que les habían infundido, aseguraron los nuestros la retirada; y la caballería, bien que apostada en la caída y pie de la cuesta, con todo trepa con brío hasta la cima y, corriendo por entre los dos escuadrones, hace más expedita y segura la retirada de los nuestros. Así fueron varios los lances de la batalla. En el primer encuentro cayeron de los nuestros al pie de setenta, y entre ellos Quinto Fulginio, comandante de los piqueros de la legión decimocuarta, que de soldado raso había subido a este grado por sus señalados méritos. Los heridos fueron más de seiscientos. De los contrarios quedó muerto Tito Cecilio, centurión de la primera fila, y murieron también cuatro capitanes con doscientos y más soldados.

La opinión acerca de esta jornada es que unos y otros creyeron haberla ganado: los de Afranio, porque, siendo reputados a juicio de todos por inferiores, estuvieron tanto tiempo peleando cuerpo a cuerpo resistiendo el ímpetu de los nuestros y se apoderaron los primeros de la colina que fue ocasión de la refriega y al primer encuentro hicieron volver las espaldas a los nuestros; los nuestros alegaban, en contra, que, siendo inferiores en el sitio y en el número, por cinco horas sustentaron la acción, treparon por la montaña espada en mano, desalojaron a los contrarios de su puesto ventajoso, forzándolos a huir y meterse en la plaza. En fin, los enemigos fortificaron el teso por el cual se combatió, con grandes pertrechos, y pusieron en él cuerpo de guardia.

A los dos días de haber sucedido esto, se siguió un contratiempo repentino. Pues sobrevino un temporal tan recio, que nunca se habían visto en aquellos parajes mayores aguaceros; porque, deshecha la mucha nieve de las montañas, salió el río de madre y en un día se llevó los dos puentes fabricados por Cayo Fabio, lo que ocasionó grandes embarazos al ejército de César. Por cuanto, estando los reales, como arriba queda dicho, entre los dos ríos Segre y Cinca, intransitables ambos por espacio de treinta millas, por necesidad se veían reducidos a este corto recinto; y ni las ciudades que se habían declarado por César podían suministrar bastimentos, ni volver los que se habían alargado en busca de forraje, detenidos por los ríos, ni llegar a los reales los grandes convoyes que venían de Italia y de la Galia. La estación era la más apurada del año, porque los trigos ni bien estaban en berza ni del todo sazonados; además, los pueblos se veían exhaustos, porque Afranio, antes de la venida de César, había conducido a Lérida casi todo el grano, y si algo había quedado, César lo había ya consumido. El ganado que podía suplir la falta en parte, las ciudades rayanas lo habían alejado por miedo de la guerra. Los que se internaban en busca de heno y pan eran perseguidos por los cazadores lusitanos y los adargueros de la España Citerior, prácticos en la tierra, a quienes era muy fácil pasar a nado el río, por ser costumbre de todos ellos nunca ir sin odres a campaña.

Por el contrario, el ejército de Afranio estaba proveído de todo en abundancia: mucho trigo acopiado y traído de tiempo atrás; mucho que se iba trayendo de toda la provincia, y gran copia de forraje a la mano. Todo esto se lo facilitaba sin ningún riesgo el puente de Lérida y los términos todavía intactos de la otra parte del río, cerrados totalmente para César.

Las avenidas duraron muchos días. Tentó César restaurar los puentes, pero ni lo hinchado del río se lo permitía, ni se lo dejarían ejecutar las cohortes de los contrarios apostadas sobre la ribera; y érales esto fácil, así por la calidad del mismo río y altura del agua, como porque de todas las márgenes asestaban los tiros contra un solo y estrecho sitio, con lo que se hacía difícil a César asentar al mismo tiempo la obra en un río rapidísimo y ponerse a cubierto de los tiros.

Tiene Afranio noticia de que los grandes convoyes dirigidos a César habían hecho alto a la orilla del río. Venían en ellos flecheros de Rodas y caballeros de la Galia con muchos carros y grandes equipajes, como lo tienen de costumbre los galos; además de estos, seis mil hombres de todas clases con sus familias, pero sin ningún orden ni subordinación, puesto que cada uno se gobernaba a su arbitrio, y todos caminaban sin recelo, conforme a la libertad de los tiempos pasados y franqueza de los caminos. Venían muchos mancebos nobles, hijos de senadores y caballeros; venían diputados de las ciudades y también legados de César. Todos estos estaban detenidos por los ríos. Afranio, con fin de sorprenderlos, marcha de noche con toda la caballería y tres legiones, y da en ellos de improviso con la caballería por delante. No obstante, los jinetes galos se ordenaron bien presto y trabaron la batalla, en que, siendo pocos, se sostuvieron contra muchos, mientras fueron las armas iguales; pero luego que vieron avanzar las banderas de las legiones, con pérdida de algunos se retiraron a los montes vecinos. El accidente de este choque dio la vida a los nuestros, porque aprovechándose de él se retiraron a las alturas. Faltaron este día cerca de doscientos flecheros, algunos caballos y no muchos de los gastadores y bagajes.

Con todos estos azares se encarecieron los abastos, como suele suceder no solo por la carestía presente, sino también por el temor de la venidera. Vendíase ya el celemín de trigo por cincuenta dineros, y los soldados, por falta de pan, estaban enflaquecidos; iban las incomodidades creciendo por días, y en tan poco tiempo se habían trocado tanto las cosas y mudado la fortuna de manera que los nuestros carecían de las cosas más necesarias y ellos abundaban de todo, y así se miraban como superiores. César, a las ciudades de su bando, a falta de granos, pedía ganados, y a los pueblos más lejanos enviaba vivanderos, en tanto que por todos los medios posibles procuraba remediar la necesidad presente.

Afranio, Petreyo y sus amigos escribían a los suyos todas estas cosas a Roma, ponderándolas y abultando aún mucho más de lo que eran; muchas noticias falsas se divulgaban, de suerte que la guerra se daba casi por concluida. Publicadas en Roma tales cartas y nuevas, era grande el concurso de gentes a la casa de Afranio, dándose alegres parabienes. Muchos partían de Italia para Pompeyo: unos por ser los primeros en ganar las albricias; otros porque no se dijese haber estado esperando el suceso de la guerra o haber sido los postreros de todos en acudir.

Estando tan mal parada la cosa, y todos los caminos cogidos por los soldados y caballos de Afranio, no siendo posible reparar los puentes, manda César a los suyos fabricar barcas de la misma hechura que habían visto usar años atrás en Bretaña. Se hacía primero la quilla y la armazón de madera ligera; lo restante del casco, tejido de mimbres, se cubría con cueros. Luego que las vio concluidas, las hizo conducir de noche en carros pareados veintidós millas más allá de los reales, y a los soldados pasar en ellas el río; coge al improviso un ribazo contiguo a la ribera y lo fortifica primero que lo advirtiesen los enemigos. Transporta después aquí una legión, y comenzando la fábrica del puente por ambas partes, lo concluye en dos días. Así abre paso seguro para su campo a los convoyes y a los que se habían alejado en busca de provisiones, y empieza a dar disposiciones sobre vituallas.

El mismo día hizo pasar gran parte de la caballería, la cual, asaltando a los forrajeadores que, bien descuidados, andaban sin recelo desparramados, se apodera de gran número de bestias y hombres; y viniendo al socorro en dos trozos: el uno para guardar la presa, el otro para resistir y rechazar a los que venían; y una partida desmandada de las otras, que se adelantó incautamente, cortándole la retirada, la destrozó enteramente, con lo que, sin perder un hombre, vuelven por el mismo puente al campo cargados de despojos.

Mientras esto sucedía en Lérida, los masilienses, de acuerdo con Lucio Domicio, aprestan diecisiete galeras, once de ellas cubiertas. Acompáñanlas con muchos bajeles menores para espantar con la multitud a nuestra escuadra. Embarcan gran número de flecheros y no menos de los álbicos, de quienes arriba se hizo mención, convidándolos con premios y ofertas. Domicio pide para su propio uso naves y las llena de gañanes y pastores que había conducido en su compañía. Tripulada así su armada, parten con grande confianza contra nuestras embarcaciones, que mandaba Decio Bruto, y estaban en la isla frontera a Marsella.

Era mucho menor el número de las naves de Bruto, pero llevaban a bordo los hombres más valientes, entresacados de todas las legiones, adalides y centuriones, que se habían ofrecido voluntariamente a esta facción. Éstos se habían prevenido con arpones y garfios, y estaban armados de gran cantidad de dardos, pasadores y demás armas arrojadizas; con eso, luego que avistaron al enemigo, salen del puerto a chocar con los masilienses. Fue porfiado el combate; ni cedían mucho a los nuestros en valentía los albicos, gente feroz, montaraz y bien aguerrida; y como acababan de salir de Marsella, conservaban fresca la memoria de las promesas que les hicieron. Los pastores, también gente indómita, estimulados por la esperanza de la libertad, a los ojos de su señor procuraban dar buena cuenta de sus personas.

Los masilienses, por su parte, valiéndose igualmente de la ligereza de sus bajeles que de la pericia de sus pilotos, eludían el golpe de los nuestros cuando eran acometidos; y luego que pudieron alargarse al mar, extendiendo más la línea, ponían todo su conato en rodear a los nuestros, o dar con muchas naves contra una, o barrer los remos atravesando de corrida. Cuando era inevitable arrimarse, sustituían a la destreza de los pilotos y a las maniobras la fiereza de los montañeses. Los nuestros, como tenían marineros menos expertos y menos prácticos pilotos, sacados arrebatadamente de los navíos mercantes, que ni siquiera sabían los términos de marinería, añadiéndose a esto la pesadez de sus naves, se hallaban muy embarazados, porque, como hechas a toda prisa de madera verde, no podían moverse con tanta ligereza. Por tanto, en presentándose la ocasión de pelear mano a mano, hacían sin miedo frente con sola una nave contra dos, aferrándose y atracándose con ambas de una vez, peleaban por las dos bandas, y aun saltaban dentro de ellas; hasta que, con gran matanza de albicos y pastores, echaron parte de los navíos a pique, apresaron algunos con la tripulación y a los demás obligaron a refugiarse en el puerto. Ese día perdieron los masilienses nueve naves, incluidas las apresadas.

Con la noticia que recibió César en Lérida de este suceso, acabado ya el puente, presto se trocó la fortuna. Los enemigos, intimidados por el valor de nuestra caballería, no osaban correr tan libremente la campiña. Unas veces, sin apartarse mucho de los reales por tener pronta la retirada, forrajeaban dentro de corto espacio; otras, tomando un grande rodeo, evitaban el encuentro de los piquetes apostados; tal vez, con ocasión de algún daño recibido, o con solo ver de lejos los caballos, desde la mitad del camino, dejando las cargas, echaban a huir, y últimamente hubieron de dejar el forraje varios días y, contra la costumbre de todo el mundo, ir de noche a buscarlo.

Entre tanto, los de Huesca y los de Calahorra, agregados a su jurisdicción, enviaban diputados a César ofreciéndose a su obediencia. Siguieron los de Tarragona, Jaca y los ausetanos, y poco después los ilergaones, vecinos al Ebro. Pide a todos éstos que le acudan con bastimentos; lo prometen, y luego, juntando caballerías de todas partes, se los llevan al campo. A vueltas de esto, una cohorte de ilergaones, sabida la determinación de su república, alzados los estandartes del puesto que guardaba, se pasó a César. En la hora mudan notablemente el aspecto las cosas. Concluido el puente, cinco ciudades principales declaradas amigas, corrientes las provisiones, desvanecidos los rumores de los socorros de las legiones que decían venir con Pompeyo por Mauritania; muchas comunidades de las más remotas renuncian la amistad de Afranio y siguen el partido de César.

Con lo cual, perturbados los contrarios, César, por no tener siempre que destacar la caballería dando un rodeo por el puente, visto un paraje a propósito, determinó abrir muchas zanjas de treinta pies de hondo para echar por ellas parte del río Segre y con esto hacerlo vadeable. Estando a punto de concluirlas, Afranio y Petreyo entran en gran temor de ser totalmente privados de los víveres por la mucha ventaja de la caballería de César; y así, resuelven dejar este país y trasladar la guerra a la Celtiberia. A esta resolución contribuía también el que allí, en los dos bandos contrarios, las ciudades que siguieron las partes de Sertorio en la guerra pasada, por haber sido vencidas, respetaban el nombre del imperio del vencedor, aunque ausente. Las que constantemente estuvieron a devoción de Pompeyo lo amaban por los grandes beneficios recibidos; al contrario, el nombre de César era menos conocido entre los bárbaros; de donde se prometían grandes refuerzos de gente de a caballo y de a pie, y hacían cuenta de ir prolongando en sus tierras la guerra hasta el invierno. Tomada esta resolución, mandan recoger barcas por todo el Ebro y conducirlas a Octogesa. Estaba esta ciudad a la ribera del Ebro, distante veinte millas de los reales. Aquí disponen formar un puente de barcas y, haciendo pasar dos legiones por el Segre, fortifican su campo con un vallado de doce pies.

Averiguado por los batidores la intención de los enemigos, César, mediante el trabajo de los soldados continuado día y noche en desangrar el río, tenía ya la cosa puesta en término de que la caballería, si bien con alguna dificultad y molestia, pudiese, no obstante, y aun osase, vadear el río; puesto que la infantería, con el agua hasta los hombros y cuello, mal podía esguazarlo, así por lo crecido como por lo arrebatado de la corriente. Con todo eso, casi al tiempo mismo que vino la noticia de que el puente sobre el Ebro estaba por concluirse, se halló vado en el Segre.

En vista de esto, juzgaron los soldados de Afranio que debían acelerar la marcha. Así que, dejadas dos cohortes de los auxiliares para la defensa de Lérida, pasan con todas las tropas el Segre y vienen a unirse con las dos legiones que habían pasado días antes. A César no le quedaba más arbitrio que ir con la caballería incomodando y picando el ejército de los contrarios, ya que la marcha del suyo por el puente no podía ser sin mucho rodeo, y ellos, en tanto, por camino más breve podían arribar al Ebro. La caballería pasa el río por el vado; y dado que Petreyo y Afranio alzaron el campo a medianoche, se dejó ver de improviso sobre la retaguardia de los enemigos, y, tirando a cortarla y coger en medio, empezó a embarazarla y hacerle suspender la marcha.

Al rayar el alba, desde las alturas vecinas a nuestros reales se alcanzaba a ver cómo los nuestros ponían en grande aprieto las últimas filas de los contrarios; cómo a veces paraba la retaguardia y quedaba cortada; otras, revolvían contra los nuestros, y acometiendo con las cohortes unidas, los rebatían, y luego, al dar ellos la vuelta, los nuestros tornaban a perseguirlos. A la vista de esto, los soldados por todo el campo, juntándose en corrillos, se quejaban de que se dejase escapar al enemigo de entre las manos, con lo cual necesariamente se alargaba la guerra. Corrían a los centuriones y tribunos, suplicando que hiciesen saber a César "que no tenía que reparar en su trabajo y peligro; que prontos estaban y se ofrecían a vadear el río por donde pudo vadearlo la caballería". Movido César por las instancias y el empeño de los soldados, aunque temía exponer el ejército al riesgo de un río tan caudaloso, sin embargo, resolvió tentar el vado y hacer la prueba. Con tanto, manda segregar de las compañías a los soldados que, por falta de ánimo o de fuerzas, parecía que no podrían servir en la facción; los deja en el campo con una legión; saca a la ligera las demás y, puestos de la parte de arriba y abajo de la corriente gran número de caballos, hace pasar el ejército por medio. Algunos soldados, arrebatados por la violencia del río, son detenidos y ayudados por la caballería, sin que ninguno se ahogase. Pasado el ejército sin desgracia, ordenó sus tropas y empezó a marchar en tres columnas, con tanto denuedo de los soldados, que, con haber rodeado seis millas y tardado mucho en vadear el río, antes de las nueve horas del sol pudieron alcanzar a los que habían salido a medianoche.

Cuando Afranio y Petreyo, vistos a lo lejos, los hubieron reconocido, espantados por la novedad, toman las alturas y ponen a la gente en batalla. César, en las llanuras, hace reposar la suya para no llevarla fatigada al combate. Mas, intentando los enemigos proseguir el viaje, sigue el alcance y les hace suspender la marcha. Ellos, por necesidad, se acampan antes de lo que tenían determinado, porque seguían unos montes, y a cinco millas iban a dar en senderos escabrosos y estrechos. Dentro de estos montes pensaban refugiarse para librarse de la caballería de César, y cerradas con guardias las gargantas, estorbarnos el paso y, con eso, pasar ellos sin riesgo ni temor el Ebro. Esto era lo que habían de haber procurado y ejecutado a toda costa, pero rendidos del combate de todo el día y de la fatiga del camino, lo dilataron al día siguiente. César, entre tanto, asienta sus reales en un collado cercano.

A eso de la medianoche, cogió nuestra caballería a algunos que se habían alejado del campo en busca de agua; averigua César por ellos que los generales enemigos iban a marchar de callada. Sabido esto, manda dar la señal de marcha y levantar los ranchos. Ellos, que oyen la gritería, temiendo verse precisados a pelear de noche y con las cargas a cuestas, o que la caballería de César los detuviese en los desfiladeros, suspenden la marcha y se mantienen dentro de los reales. Al otro día, sale Petreyo con algunos caballos a descubrir el terreno. Hácese lo mismo de parte de César, quien destaca a Decidio Saja con un piquete a reconocer el campo. Entrambos vuelven a los suyos con una misma relación: que las cinco primeras millas eran de camino llano; entraban luego las sierras y los montes; que quien cogiese primero estos desfiladeros, sin dificultad cerraría el paso al enemigo.

Petreyo y Afranio tuvieron consejo sobre el caso, y se deliberó acerca del tiempo de la partida. Los más eran de parecer que se hiciese de noche, que se podría llegar a las gargantas antes de que fuesen sentidos. Otros, por la generala tocada la noche antecedente en el campo de César, inferían que era imposible encubrir su salida; que por la noche recorría la caballería de César el contorno y tenía cogidos todos los puestos y caminos; que las batallas nocturnas se debían evitar, porque, cuando la guerra es civil, el soldado, una vez sobrecogido del miedo, suele moverse más por él que por el juramento que prestó. Al contrario, la luz del día causa de suyo mucho rubor a los ojos de todos, y no menos la vista de los tribunos y centuriones, lo cual sirve de freno y también de estímulo a los soldados; que por eso, bien mirado todo, era menester romper de día claro, que, puesto caso que se recibiese algún daño, se podría, a lo menos, salvando el cuerpo del ejército, coger el sitio que pretendían. Este dictamen prevaleció en el consejo, y así se determinó marchar al amanecer del día siguiente.

César, bien informado de las veredas, al despuntar el alba, saca todas las tropas de los reales y, dando un gran rodeo, las va guiando sin seguir senda fija. Porque los caminos que iban al Ebro y a Octogesa estaban cerrados por el campo enemigo. Él tenía que atravesar valles muy hondos y quebrados; en muchos parajes, los riscos escarpados embarazaban la marcha, siendo forzoso pasar de mano en mano las armas, y que los soldados, en cuerpo, sin ellas, dándose unos a otros las manos, hiciesen gran parte del camino. Mas ninguno rehusaba este trabajo con la esperanza de poner fin a todos, si una vez lograban cerrar el paso del Ebro al enemigo y cortarle los víveres.

Al principio, los soldados de Afranio salían alegres corriendo de los reales a verlos y les daban vaya, gritando "que por no tener que comer iban huyendo y se volvían a Lérida". En realidad, el camino no llevaba al término propuesto; antes, parecía enderezarse a la parte contraria. Con eso, sus comandantes no se hartaban de aplaudir su resolución de haberse quedado en los reales; y se confirmaban mucho más en su opinión viéndolos puestos en viaje sin bestias ni cargas, por lo que presumían que no podrían por largo tiempo resistir al hambre. Mas cuando los vieron torcer poco a poco la marcha sobre la derecha, y repararon que ya los primeros se iban sobreponiendo al sitio de los reales, ninguno hubo tan lerdo ni tan enemigo del trabajo que no juzgase ser preciso salir al punto de las trincheras y atajarlos. Tocan alarma, y todas las tropas, menos algunas cohortes que dejaron de guardia, mueven y van en derechura al Ebro.

Todo el empeño era sobrecoger la delantera y ocupar primero las gargantas y montes. A César lo retardaba lo embarazoso de los caminos; a las tropas de Afranio, la caballería de César que les iba a los alcances. Verdad es que los afranianos se hallaban reducidos a tal estado que, si arribaban los primeros a los montes, como pretendían, libraban en sí sus personas, mas no podían salvar los bagajes de todo el ejército ni las cohortes dejadas en los reales, a las que de ningún modo era posible socorrer, quedando cortadas por el ejército de César.

César llegó el primero y, bajando de las sierras a campo raso, ordena en él sus tropas en batalla. Afranio, viendo su retaguardia molestada por la caballería y delante de sí al enemigo, hallando por fortuna un collado, hizo alto en él. Desde allí destaca cuatro cohortes de adargueros al monte que a la vista de todos se descubría como el más encumbrado, ordenándoles que, a todo correr, vayan a ocuparlo con ánimo de pasar él allá con todas las tropas y, mudando de ruta, encaminarse por las cordilleras a Octogesa. Al tomar los adargueros la travesía para el monte, la caballería de César, que los vio, se disparó contra ellos impetuosamente, a cuya furia no pudieron resistir ni siquiera un momento, sino que, cogidos en medio, todos a la vista de ambos ejércitos fueron destrozados.

Era esta una buena ocasión de concluir gloriosamente la empresa. Ni César dejaba de conocer que, a la vista de la pérdida tan grande que acababa de recibir, atemorizado el ejército contrario, no podría contrastar, y más estando de todas partes cercado por la caballería, siendo el campo de batalla llano y despejado. Pedíanselo todos con insistencia; legados, centuriones, tribunos corrían juntos a rogarle: "No se detuviese en dar la batalla; que todos sus soldados estaban a cual más pronto; que, al contrario, los de Afranio en muchas cosas habían dado muestras de su temor: en no haber socorrido a los suyos; en no bajar del collado; en no saberse defender de la caballería; en no guardar las filas, hacinados todos con sus banderas en un solo lugar. Que si reparaba en la desigualdad del sitio, se ofrecería sin duda ocasión de pelear en alguno proporcionado, pues Afranio seguramente había de mudarse de aquel, donde sin agua mal podía subsistir".

César había concebido la esperanza de poder acabar con la empresa sin combate y sin sangre de los suyos, por haber cortado los víveres a los contrarios. "¿A qué propósito, pues, aun en caso de la victoria, perder a alguno de los suyos? ¿A qué fin exponer a las heridas a soldados tan leales? Sobre todo, ¿para qué tentar a la fortuna, mayormente siendo no menos propio de un general el vencer con la industria que con la espada?" Causábale también lástima la muerte que preveía de tantos ciudadanos, y quería más lograr su intento sin sacrificar sus vidas. Este consejo de César lo desaprobaban los más. Y aun los soldados decían sin recato en sus conversaciones que "ya que se dejaba pasar tan buena ocasión de la victoria, después, por más que César lo quisiese, ellos no querrían pelear". Él persevera en su determinación y se desvía un poco de aquel sitio para ocasionar menos recelo a los contrarios.

Petreyo y Afranio, valiéndose de la coyuntura, se recogen a los reales. César, apostadas guardias en las montañas y cerrados todos los pasos para el Ebro, se atrinchera lo más cerca que puede del campo enemigo.

Al otro día, los jefes contrarios, muy turbados por haber perdido toda esperanza de las provisiones y del viaje al Ebro, consultaban sobre lo que se debía hacer. Un camino tenían, en caso de querer volver a Lérida; otro, si escogían ir a Tarragona. Estando en estas deliberaciones, tienen aviso de que sus aguadores eran molestados por nuestra caballería. Sabido esto, ponen a trechos varios piquetes de a caballo y patrullas de tropas auxiliares, entreverando cohortes de las legiones, y empiezan a tirar una trinchera desde los reales hasta el agua, para poder, cubiertos y sin que fuese menester poner cuerpos de guardia, ir y sacarla. Petreyo y Afranio reparten entre sí el cuidado de la obra, y para su ejecución hubieron de alejarse del campo una buena pieza.

Con su ausencia, los soldados, logrando entera libertad de poder hablarse, se acercan sin reparo, y cada cual andaba inquiriendo y preguntando por los conocidos y paisanos que tenía en los reales de César. Primeramente, todos daban las gracias a todos por haberles perdonado el día antes, viéndolos perdidos de miedo, confesando que les debían la vida; tras esto, indagan si su general sería de fiar y si podrían ponerse en sus manos; se lamentan de no haberlo hecho desde el principio y de haber tomado las armas contra sus deudos y parientes.

Alentados con estas pláticas, piden al general palabra de conservar la vida de Petreyo y Afranio, para que no se creyese que habían maquinado alguna alevosía ni vendido a los "suyos". Con este salvoconducto, prometen pasarse luego y envían los principales centuriones por diputados a César sobre la paz. Entre tanto, se convidaban y obsequiaban los amigos y deudos de ambas partes, pasando los unos a los ranchos de los otros, de modo que parecía que de los dos campos se había formado uno solo, y muchos tribunos y centuriones venían a ponerse en manos de César. Lo mismo hicieron varios señores españoles a quienes ellos habían llamado y los tenían en el campo como rehenes. Éstos preguntaban por sus conocidos y huéspedes para conseguir, por su medio, ser presentados y recomendados a César. Hasta el joven hijo de Afranio, tomando por medianero al legado Culpicio, trataba con César sobre su libertad y la de su padre. Todo eran júbilos y norabuenas: estos, por verse libres ya de peligros; aquellos, por haber, a su parecer, acabado sin sangre tan grandes cosas, con lo cual ahora César, a juicio de todos, cogía el fruto de su innata mansedumbre, y su consejo era de todos alabado.

Advertido Afranio de lo que pasaba, deja la obra comenzada y se retira a los reales, dispuesto, según parecía, a sufrir con ánimo tranquilo y sereno cualquier acontecimiento. Pero Petreyo no se abandonó tan pronto; arma a sus criados y, con estos, con las guardias españolas de adargados y algunos jinetes bárbaros favorecidos suyos que solía tener consigo para su resguardo, vuela de improviso a las trincheras, corta las pláticas de los soldados, echa a los nuestros del campo y mata a cuantos caen en sus manos. Los demás se unen entre sí y, asustados con aquel impensado peligro, tercian los capotes y desenvainan las espadas; de esta suerte, se defienden contra los soldados de adarga y de a caballo, fiados en la cercanía de los reales, donde se van retirando al amparo de las cohortes que hacían guardia en las puertas.

Hecho esto, Petreyo recorre llorando las tiendas; llama por su nombre a los soldados y les ruega "que no quieran entregar su persona y la de su general Pompeyo, ausente, en manos de sus enemigos". Concurren luego al pretorio los soldados. Pide que todos juren no abandonar ni ser traidores al ejército ni a los capitanes, ni tomar por sí consejo aparte sin consentimiento de los otros. Él mismo juró así el primero, y luego Afranio, a quien obligó a hacerlo en igual forma. Siguen los tribunos y centuriones, y tras ellos los soldados presentados por centurias. Echan bando de que quienquiera que tuviese oculto a algún soldado de César lo descubra. A los entregados los degüellan públicamente en el pretorio. Con todo, los más encubren a sus huéspedes y de noche les dan escape por la trinchera. Así, el terror impuesto por los jefes, la crueldad del suplicio y el nuevo empeño del juramento cortó toda esperanza de rendición al presente y trocó los corazones de los soldados, reduciendo las cosas al primer estado de la guerra.

César manda buscar con la mayor diligencia a los soldados de los contrarios que, con ocasión de hablar con los suyos, habían pasado al campo, y remitírselos; bien es verdad que algunos tribunos y centuriones de su voluntad se quedaron, a los cuales César hizo después grandes honras. Promovió a los centuriones a mayores grados, y a los caballeros romanos los reintegró en la dignidad de tribunos.

Los afranianos padecían ahora mucha falta de forraje y suma escasez de agua; las legiones tenían alguna porción de trigo, porque tuvieron orden de sacarlo de Lérida para veintidós días; a los adargados y auxiliares les había llegado a faltar del todo, así por la cortedad de medios para proveerse, como porque sus cuerpos no estaban hechos a llevar carga. Por este motivo, cada día se pasaban muchos de ellos a César.

Tal era el aprieto en que se hallaban; sin embargo, entre los dos partidos propuestos parecía el más acertado volver a Lérida, porque allí habían dejado un poco de trigo y esperaban aconsejarse con el tiempo. Tarragona distaba mucho, y en tan largo viaje, claro estaba que podían acaecer muchos contratiempos. Preferido este consejo, alzan el campo. César, echando delante la caballería para que fuese picando la retaguardia y entretuviese la marcha, los va siguiendo detrás con las legiones. A cada instante, los últimos tenían que hacer frente a nuestros caballos.

El modo de pelear era este: un escuadrón volante cerraba la retaguardia, y si el camino era llano, hacían muchas paradas. En teniendo que subir algún monte, la misma dificultad del terreno los libraba de peligro, pues los que iban delante, desde arriba, cubrían la subida de los otros. En la caída de algún valle o bajada de alguna cuesta, como ni los que se habían adelantado podían ayudar a los que venían detrás, y nuestra caballería disparaba contra ellos desde lo alto, entonces eran sus apuros. Así, en llegando a semejantes parajes, disponían con gran solicitud que, dada la señal, parasen las legiones y rechazasen vigorosamente a la caballería; que en haciéndola retirar, todos, tomando de repente carrera, unos tras otros se dejasen caer en los valles, y marchando en esta forma hasta el monte inmediato, hiciesen alto en él. Pues tan lejos estaban de ser socorridos por su caballería, bien que muy numerosa, que antes, por estar despavorida con los reencuentros pasados, tenían que llevarla en medio y defenderla ellos mismos; ni jinete alguno podía desbandarse sin ser cogido por la caballería de César.

Yendo, peleando de esta suerte, la marcha era lenta y perezosa, haciendo continuas paradas a trueque de socorrer a los suyos, como entonces aconteció. Porque andadas cuatro millas, y viéndose picar furiosamente por la caballería, hacen alto en un monte elevado, y aquí, sin descargar el bagaje, fortifican su campo por la banda sola que miraba al enemigo. Cuando advirtieron que César había fijado sus reales, armado las tiendas y enviado al forraje la caballería, arrancan súbitamente hacia las seis horas del mismo día, y esperando ganar tiempo durante la ausencia de nuestra caballería, comienzan a marchar. Observado esto, César, sacadas las legiones, va tras ellos, dejando algunas cohortes para custodia del bagaje. Da contraorden a la caballería y a los forrajeros, y manda que a la hora décima sigan a los demás. Prontamente, la caballería vuelve del forraje a su ejercicio diario de la marcha. Trábese un recio combate en la retaguardia, tanto que por poco no vuelven las espaldas, y de facto quedan muertos muchos soldados y aun algunos oficiales; el ejército de César le había dado alcance, y ya todo él estaba encima.

Aquí ya finalmente, no pudiendo hallar sitio acomodado para atrincherarse ni proseguir la marcha, hacen algo por fuerza, y se acampan en un paraje distante del agua, y por la situación, peligroso. Mas César, por las mismas causas indicadas arriba, no los provocó a batalla, y aquel día no permitió armar las tiendas, a fin de que todos estuviesen más expeditos para perseguirlos, bien rompiesen de noche o bien de día. Ellos, reconociendo la mala postura de los reales, gastan toda la noche en alargar las fortificaciones, tirando sus líneas enfrente de las de César. En lo mismo se ocupan el día inmediato desde la mañana hasta la noche. Pero, al paso que iban adelantando la obra y alargando los reales, se iban alejando más del agua, y procuraban el remedio a los males presentes con otros males. La primera noche nadie sale del campo en busca de agua. Al día siguiente, fuera de la guarnición dejada en los reales, sacan todas las demás tropas al agua, pero ninguna al forraje. César quería más que, humillados con estas calamidades y reducidos al último extremo, se vieran obligados a rendirse, que no derramar sangre peleando. Con todo eso, trata de cercarlos con trinchera y foso, a fin de atajarles más fácilmente las salidas repentinas, a que creía habían de recurrir por fuerza. Entonces, parte obligados por la falta de forraje, parte por estar más desembarazados para el viaje, mandan matar todas las bestias de carga.

En estas maniobras y trazas emplearon dos días. Al tercero, ya la circunvalación estaba muy adelantada. Ellos, por impedirla, dada la señal a eso de las ocho, sacan las legiones, y debajo de las trincheras se forman en batalla. César hace suspender los trabajos, manda juntar toda la caballería y ordena la gente en batalla. Porque dar muestra de rehusar el combate contra el sentir de los soldados y el crédito de todos, le parecía gran perjuicio. Eso no obstante, por las razones dichas, que ya son bien notorias, no quería venir a las manos; mayormente considerando que, por la estrechez del terreno, aunque fuesen desbaratados los contrarios, no podía ser la acción decisiva, pues no distaban entre sí los reales sino dos millas. De estas, las dos partes ocupaban las tropas, quedando la tercera sola para el combate. Y cuando se diese la batalla, la vecindad de los reales ofrecía pronto asilo a la fuga de los vencidos. Por eso, estaba resuelto a defenderse caso que le atacasen, mas no a ser el primero en acometer.

El ejército de Afranio estaba dividido en dos cuerpos: uno formado por las legiones quinta y tercera; otro de reserva compuesto de tropas auxiliares. El de César, en tres trozos; la primera línea de cada trozo se componía de cuatro cohortes de la quinta legión; la segunda, de tres cohortes de las tropas auxiliares; y la tercera, de tres distintas legiones. La gente de honda y arco ocupaba el centro; la caballería cubría los costados. Dispuestos en esta forma, cada uno creía lograr su intento: César, de no pelear sino forzado; el otro, de impedir los trabajos de César. Sin embargo, por entonces no pasaron a más empeño sino el de mantenerse ordenados ambos ejércitos hasta la puesta del sol, y entonces se retira cada cual a su campo. Al otro día se dispone César a concluir las fortificaciones comenzadas; ellos, a tentar el vado del río Segre, a ver si podían atravesarlo. César, que lo advirtió, hace pasar el río a los germanos armados a la ligera y a un trozo de caballería, y destruye por la margen diferentes guardias.

Al cabo, viéndose totalmente sitiados, las caballerías ya cuatro días sin pienso, ellos mismos sin agua, sin leña, sin pan, piden entrevista, y que a ser posible no fuese a presencia de los soldados. Negando esto últimamente César, y concediéndoles el hablar, si querían, en público, entregan en prendas a César al hijo de Afranio. Vienen al paraje señalado por César. Estando los dos ejércitos oyendo, dice Afranio: "Que ni él ni su ejército eran reprensibles por haber querido perseverar fieles a su general Cneo Pompeyo; pero ya habían cumplido con su deber, y harto lo habían pagado con haber padecido la falta de todas las cosas, y más ahora que se ven como fieras acorraladas, privados de agua, sin resquicio para la salida; ya ni el cuerpo puede aguantar el dolor, ni el ánimo la ignominia. Por tanto, se confiesan vencidos; y si es que hay lugar a la misericordia, ruegan y suplican que no los obliguen a padecer la pena del último suplicio". Estas palabras las pronuncia con la mayor sumisión y reverencia posible.

A esto respondió César: «Que en nadie eran más disonantes las cuitas y lástimas, puesto que todos los demás habían cumplido con su obligación: César en no haber querido pelear aun teniendo las ventajas de la tropa, del lugar y del tiempo, a trueque de que todo se allanase para la paz; su ejército, el cual no obstante la injuria recibida y la muerte cruel de los suyos, salvó a los del campo contrario que tenía en sus manos; los soldados en fin del mismo Afranio, que vinieron por sí a tratar de reconciliación, pensando hacer buenos oficios a favor de los suyos; por manera que toda clase de personas había conspirado a la clemencia; ellos solos, siendo las cabezas, habían aborrecido la paz, violado los tratados y las treguas, pasado a cuchillo a unos hombres desarmados y engañados por palabras amistosas. Así ahora experimentaban en sí lo que de ordinario suele acontecer a hombres demasiado tercos y arrogantes; que al cabo se ven reducidos a solicitar con ansia lo que poco antes desecharon.

Mas no por eso piensa aprovecharse del abatimiento en que se hallan, o de las circunstancias favorables para aumentar sus fuerzas, sino que quiere se despidan los ejércitos que ya tantos años han mantenido contra su persona. Pues no por otra causa se han enviado a España seis legiones, ni alistado en ella la séptima, ni apercibido tantas y tan poderosas armadas, ni escogido capitanes expertos en la guerra. Nada de esto se ha ordenado a pacificar las Españas, nada para utilidad de una provincia que por la larga paz ningún socorro había menester. Que todos estos preparativos iban dirigidos muy de antemano contra él; contra él se forjaban generalatos de nueva forma, haciendo que uno mismo a las puertas de Roma gobierne la República, y en ausencia retenga tantos años dos provincias belicosísimas; contra él se había barajado el orden de la sucesión en los empleos, enviando al gobierno de las provincias no ya, como siempre, los que acababan de ser pretores y cónsules, sino los que lograban el favor y voto de unos pocos; contra él no valía la excusa de la edad avanzada, destinando a mandar ejércitos o personas que han cumplido los años de servicios en las guerras pasadas; con él solo no se guardaba lo que a todos los generales se había concedido siempre, que acabadas felizmente sus empresas, vuelvan a sus casas y arrimen el bastón con algún empleo honorífico, o por lo menos sin infamia.

Que todo esto así corno lo había sufrido hasta aquí con paciencia, también pensaba sufrirlo en adelante; ni ahora era su intención quedarse con el ejército quitándoselo a ellos contra su persona; por tanto saliesen, conforme a lo dicho, de las provincias y licenciasen las tropas. Así él no haría mal a nadie; ser ésta la única y final condición de la paz». Esta última proposición fue por cierto de sumo placer para los soldados, como por sus ademanes se pudo conocer; que cuando por ser vencidos temían algún desastre, conseguían sin pretenderlo el retiro.

Con efecto, suscitándose alguna diferencia acerca del lugar y tiempo de la ejecución, todos a una desde las líneas donde estaban asomados, con voces y ademanes pedían los licenciasen luego; que aunque más palabras se diesen, no se podían fiar si se difería para otro tiempo. Después de algunos debates entre ambas partes, finalmente se resolvió que los que tenían domicilio y posesiones en España fuesen a la hora despedidos, los demás en llegando al río Varo. Se decidió que no se les haría daño, y que ninguno por fuerza sería obligado por César a alistarse bajo sus banderas.

César promete proveerles de trigo desde entonces hasta la despedida. Añade también que si alguno hubiese perdido cosa que esté en poder de sus soldados, se restituyese a sus dueños; el valor de estas cosas, tasadas por su justo precio, se lo pagó en dinero contante a los soldados. En todos los pleitos que hubo después entre los soldados, acudían voluntariamente para la decisión a César. Petreyo y Afranio, como las legiones casi amotinadas clamasen por la paga, cuyo plazo decían ellos no haberse aún cumplido, piden por árbitro a César, y unos y otros quedaron contentos con el corte que este dio.

Despedida en aquellos dos días como la tercera parte del ejército, mandó que dos de sus legiones fuesen delante y las otras detrás, de suerte que unas se alojasen a corta distancia de las otras. Este negocio encomendó al legado Quinto Fusio Caleño. Conforme a esta orden suya, se hizo el viaje desde España hasta la ribera del Varo, donde fue despedido el resto del ejército.

LIBRO SEGUNDO: NADIE RESISTE A LAS TROPAS DE JULIO CÉSAR

Mientras esto ocurría en España, el legado Cayo Trebonio, encargado del sitio de Marsella, empezó a construir un terraplén, galerías y bastidas por dos frentes. Una cerca del puerto y del arsenal; la otra hacia el paso por donde los que vienen de la Galia y España acceden a ese brazo de mar que comunica con la ría del Ródano, ya que de la ciudad de Marsella, tres cuartas partes están rodeadas por el mar y solo una se une con tierra firme. Y aun de esa parte, el espacio que ocupa el alcázar —fuerte por su propia naturaleza— y un valle muy profundo, hacían largo y difícil el asedio. Para llevar a cabo estas obras, Cayo Trebonio hizo traer de la Provenza un gran número de acémilas y obreros, junto con mimbres y otros materiales. Una vez llegados, levantó un terraplén de ochenta pies de altura.

La ciudad, sin embargo, desde tiempo atrás estaba tan bien provista de todo tipo de pertrechos de guerra y contaba con tantas máquinas de asedio, que ningún parapeto podía resistir su violencia. Entre otros artefactos, tenían unas vigas de doce pies con puntas de hierro, que, lanzadas con grandes ballestas, atravesaban hasta cuatro capas de parapetos antes de clavarse en el suelo. Por eso, la cubierta de las galerías se construía con vigas unidas, de un pie de grosor; y así, protegidos, los hombres iban extendiendo el terraplén de mano en mano. Para igualar el terreno marchaba delante un galápago de sesenta pies, también construido con maderas muy resistentes y recubierto con todo tipo de protecciones contra proyectiles incendiarios y piedras. Aun así, la magnitud de las obras, la altura de la muralla y las torres, y la cantidad de baterías enemigas ralentizaban nuestras operaciones. Además, los albicos hacían constantes salidas desde la ciudad para incendiar el terraplén y las bastidas, aunque nuestros soldados solían frustrar fácilmente sus ataques y obligarlos a retirarse con muchas bajas.

Por este tiempo, Lucio Nasidio, enviado por Cneo Pompeyo en auxilio de Lucio Domicio y de los marselleses con una escuadra de dieciséis naves —algunas con espolón de bronce—, pasó el estrecho sin que Curión se diera cuenta. Al llegar a Mesina, las principales autoridades y senadores, presas del pánico, habían huido; así que se apoderó de una nave del arsenal y, uniéndola a las suyas, continuó rumbo a Marsella. Mandando por delante discretamente un barco, avisó a Domicio y a los marselleses de su llegada, exhortándolos con gran vehemencia a que, uniendo sus fuerzas navales a las suyas, se animaran a luchar de nuevo contra la escuadra de Bruto.

Los marselleses, después del desastre anterior, habían reparado y armado con gran diligencia un número igual de naves viejas que sacaron del arsenal. Tenían gran cantidad de marineros y pilotos, y también reunieron barcos de pescadores, que cubrieron y llenaron de arqueros y máquinas de guerra para proteger a los remeros de los proyectiles. Así equipada su flota, y alentados por los ruegos y lágrimas de los ancianos, madres y doncellas, se embarcaron con el mismo valor y confianza que en la batalla anterior. Era, después de todo, propio de nuestra naturaleza tener más confianza o temor ante lo que aún no se ha experimentado, como sucedió entonces: la llegada de Lucio Nasidio llenó de esperanza y valor al pueblo. En definitiva, con viento favorable, salieron del puerto y se reunieron con Nasidio en Torendas, un fuerte de los marselleses. Allí organizaron sus naves, decidieron volver a combatir, acordaron un plan de operaciones y asignaron el ala derecha a los marselleses y la izquierda a Nasidio.

Hacia ese mismo lugar se dirigió Bruto, con un número mayor de naves, ya que a las construidas por César en Arlés se sumaron las seis que habían capturado a los marselleses, recientemente reparadas y equipadas con todo lo necesario. Por tanto, animando a los suyos a no temer enfrentarse a quienes ya habían vencido en su mejor momento, y lleno de esperanza y valor, avanzó contra ellos. Desde los campamentos de Trebonio y desde todas las alturas cercanas era impresionante ver cómo dentro de la ciudad todos los jóvenes que habían quedado, junto con los ancianos, sus hijos y mujeres, alzaban las manos al cielo desde los puestos de guardia o desde la muralla, o iban en procesión a los templos de los dioses inmortales, postrándose ante sus imágenes y rogando por la victoria. Nadie dudaba de que toda su suerte se jugaba ese día; y es que la flor de la juventud y los más distinguidos de todas las edades, convocados y suplicados con gran insistencia, se habían embarcado. Por eso, si la fortuna les era adversa, veían que no les quedaba más ayuda ni esperanza; pero si vencían, esperaban conservar la ciudad, ya fuera con sus propias fuerzas o con los refuerzos que esperaban recibir.

Una vez comenzado el combate, los marselleses dieron pruebas de un enorme valor, pues, teniendo presentes las palabras que acababan de recibir de sus compatriotas, luchaban con tal coraje como si fuera su última oportunidad de resistir. Los que se veían en peligro de muerte pensaban que su destino solo se adelantaba un poco al de los demás ciudadanos, pues si la ciudad caía, todos correrían la misma suerte. Al desorganizarse poco a poco la línea de nuestras naves, los pilotos enemigos maniobraban con mayor libertad, y si los nuestros conseguían aferrar alguna nave con los arpones, los otros acudían de inmediato a defenderla. Tampoco los albicos que los acompañaban se mostraban cobardes en el combate cuerpo a cuerpo, ni eran muy inferiores a los nuestros en valentía. Además, desde lejos, una lluvia de dardos lanzados desde pequeñas embarcaciones caía de repente sobre nuestros hombres, desprevenidos y entorpecidos por el espacio reducido, causándoles muchas heridas. Y al divisar dos galeras la nave insignia de Decio Bruto —fácil de reconocer por su pabellón—, se lanzaron desde ambos costados a toda velocidad contra ella. Pero Bruto, al prever el ataque, hizo tal esfuerzo con remos y velas que logró adelantarse rápidamente. Las otras dos, precipitadas, chocaron entre sí con tanta fuerza que ambas quedaron gravemente dañadas, y una de ellas, con el espolón roto, fue totalmente destruida. Al ver esto, las naves de la escuadra de Bruto, que estaban cerca, las atacaron con ímpetu y en un instante echaron a pique a las dos.

Las naves de Nasidio, sin embargo, no sirvieron de nada, pues se retiraron pronto del combate; y es que ni la visión de su patria, ni los ruegos de sus familiares las movieron a arriesgar la vida. Por eso, no perdieron ni una sola; de los marselleses, en cambio, cinco fueron hundidas, cuatro capturadas, y una logró escapar junto con las de Nasidio, las cuales todas alcanzaron la costa de la Hispania Citerior. Otra de las que quedaban fue enviada por delante a Marsella con la noticia del desastre, y al aproximarse a la ciudad fue rodeada de inmediato por todo el pueblo, que se agolpó para enterarse de lo ocurrido. Al conocer los hechos, prorrumpieron en tal llanto colectivo, que parecía que la ciudad había sido tomada en ese mismo instante por el enemigo. A pesar de ello, los marselleses no dejaron de trabajar con empeño en preparar todo lo necesario para defender la plaza.

Los soldados legionarios que trabajaban en el flanco derecho, por las frecuentes salidas del enemigo, se dieron cuenta de que sería muy útil construir al pie de la muralla una torre de ladrillo que sirviera de refugio y defensa. Al principio, la hicieron baja y pequeña para protegerse de ataques repentinos. Allí se resguardaban, desde allí se defendían si eran atacados con mayor fuerza, y desde allí salían a rechazar y perseguir al enemigo. Tenía treinta pies de lado y las paredes cinco pies de espesor. Pero luego la experiencia —cuando se combina con la inteligencia— les enseñó que sería mucho más útil si aumentaban su altura, y así lo hicieron de la siguiente forma.

Una vez levantada la torre hasta el primer nivel, colocaron el piso, encajándolo en las paredes de modo que los extremos de las vigas quedaran dentro de ellas, para evitar que sobresaliera algo que pudiera prenderse con fuego. Luego continuaron construyendo las paredes de ladrillo hasta donde lo permitían las defensas y parapetos. Encima de ese segundo nivel, pusieron en cruz dos cabríos, cuidando que no sobresalieran sus extremos, para fijar sobre ellos la estructura del techo. Sobre estos cabríos tendieron unos travesaños bien asegurados. Los extremos de los travesaños sobresalían más allá de la pared para colgar defensas que los protegieran mientras continuaban levantando las paredes. Ese piso lo cubrieron con ladrillos y argamasa para protegerlo del fuego enemigo, y encima tendieron jergones para que los proyectiles no rompieran el entablado o las piedras lanzadas con catapultas no destrozaran el suelo. También fabricaron con sogas tres esteras del tamaño de las paredes y cuatro pies de ancho, que extendieron en los tres lados que daban al enemigo, sujetándolas a los extremos de los travesaños que sobresalían de la torre, ya que habían comprobado en otros asedios que solo ese tipo de cobertura era eficaz contra lanzas y otras armas arrojadizas.

Cuando esa parte de la torre estuvo bien cubierta y protegida de los ataques enemigos, empezaron a arrimar los andamios a las otras construcciones, y desde el primer nivel, comenzaron a levantar con polipastos el techo desmontable de la torre, elevándolo hasta donde permitían las esteras colgantes. Bajo esa protección, seguían construyendo las paredes de ladrillo, y luego, con ayuda de los polipastos, alzaban el techo para continuar con la obra. Cuando era momento de añadir otro piso, colocaban las vigas de la misma forma, incrustando los extremos dentro de las paredes, y desde allí repetían el proceso de levantar el techo y las esteras. De esta manera, protegidos en todo momento, sin sufrir heridas ni correr peligro alguno, construyeron hasta seis niveles, dejando aberturas donde lo consideraron necesario para instalar piezas de artillería.

Una vez seguros de que desde esa torre podían proteger eficazmente las demás obras circundantes, decidieron construir un árgano de setenta pies de largo con gruesas vigas de dos pies, que se extendiera desde la torre de ladrillo hasta la torre y el muro enemigos. Su construcción fue la siguiente: primero colocaron en el suelo dos vigas de igual longitud, separadas cuatro pies entre sí, y fijaron en ellas dos postes de cinco pies de altura, unidos con cabríos que formaban el armazón sobre el que se instalarían las vigas del techo del árgano. Luego colocaron sobre ese armazón vigas de canto de dos pies, unidas con refuerzos y clavos. En la parte superior de las pendientes del techo fijaron listones cuadrados de madera de cuatro dedos de grosor para sostener los adobes que lo cubrirían. Terminada la estructura con su forma curvada, y consolidada según la disposición de las vigas sujetas a los cabríos, la cubrieron con adobes y argamasa para protegerla del fuego que lanzaran desde el muro; encima de los adobes pusieron pieles para evitar que se deshicieran con el agua que los enemigos vertieran desde las canaletas, y para que las pieles mismas no fueran dañadas por el fuego o las piedras, las cubrieron con jergones. Toda esta gran máquina la terminaron justo al pie de la torre, bajo techo; y repentinamente, cuando los sitiados estaban desprevenidos, la empujaron como se hace con los barcos al botarlos al mar, colocándola sobre rodillos y acercándola a la muralla hasta dejarla pegada a ella.

Sobrecogidos por esta nueva amenaza, los sitiados hicieron rodar desde el muro, usando palancas, las piedras más grandes que pudieron contra el árgano. Pero la solidez de su estructura resistió el impacto, y los proyectiles resbalaban por su cubierta. Al ver esto, cambiaron de táctica: llenaron toneles con pez y resina, les prendieron fuego y los hicieron rodar por el muro hacia el árgano. Estos también resbalaban por el techo, y al caer al suelo, nuestros hombres los apartaban con pértigas y horquillas para evitar que prendieran fuego a la máquina. Mientras tanto, los soldados bajo el árgano iban desmontando con palancas las piedras que sostenían la torre enemiga. El árgano, cubierto por la torre de ladrillo, estaba defendido por nuestros dardos y artillería, que barrían el muro y las torres enemigas, impidiéndoles cualquier intento de defensa. Quitadas ya muchas piedras de los cimientos de la torre inmediata, una parte de ella se vino abajo de repente, y la otra quedó inclinada, amenazando con derrumbarse.

Asustados por el colapso inesperado de la torre, desconcertados por tan sorpresivo golpe, y sintiéndose abandonados por los dioses, llenos de miedo ante el saqueo inminente, los sitiados salieron en tropel por una de las puertas, desarmados, con actitud suplicante, y extendieron humildemente las manos ante los legados y el ejército. Al ver esta escena, el ataque se detuvo, y los soldados, dejando sus tareas, se acercaron movidos por la curiosidad para escuchar y observar. Los enemigos, al llegar ante los legados y el ejército, se arrojaron a sus pies y suplicaron que se esperara la llegada de César; decían que veían la ciudad perdida, las defensas vencidas, la torre derrumbada, y que por eso cesaban en la resistencia. Que cuando llegase César, si ellos no cumplían su palabra, él podría tomar la ciudad sin dificultad y sin más demora. Añadieron que si la torre terminaba de derrumbarse, ya no habría forma de contener a los soldados, que, en su deseo de botín, podrían entrar a sangre y fuego y arrasar la ciudad. Estas y muchas otras razones expusieron con tono humilde, entre lágrimas y lamentos, como hombres que sabían lo que estaba en juego.

Enternecidos por la súplica, los legados retiraron a los soldados de la obra y suspendieron el ataque, conformándose con dejar guardias en las fortificaciones. Por compasión, se estableció una especie de tregua hasta la llegada de César. Ni ellos ni los nuestros disparaban un solo tiro. Como si todo estuviera resuelto, la vigilancia y la diligencia disminuyeron. Y es que César había dado instrucciones estrictas por carta a Trebonio de que no permitiera tomar la ciudad por la fuerza, para evitar que los soldados, irritados por la rebelión, por sentirse menospreciados o por el prolongado esfuerzo, masacraran a los jóvenes, como habían amenazado con hacerlo. No fue fácil contenerlos y evitar que asaltaran la plaza, y muchos se molestaron creyendo que era Trebonio quien había impedido el ataque.

Pero los enemigos, sin respetar la tregua acordada, buscaban la oportunidad de traicionar. Así que, después de dejar pasar algunos días, en un momento en que nuestros hombres estaban desprevenidos descansando, atacaron de repente en la hora de la siesta. Algunos soldados se habían retirado, otros, agotados por tantos días de trabajo, dormían en las trincheras con sus armas apoyadas a un lado. En ese instante, los sitiados salieron en tropel por las puertas y, favorecidos por un viento fuerte, incendiaron nuestras fortificaciones. Las llamas se propagaron con tal rapidez que en cuestión de minutos ardieron el terraplén, los parapetos, las galerías de asedio, la torre y las máquinas de guerra. Todo quedó reducido a cenizas antes de que los nuestros pudieran reaccionar. Sorprendidos por el desastre inesperado, algunos agarraron las primeras armas que encontraron; otros salieron corriendo desde el campamento para enfrentarse al enemigo, pero la lluvia de flechas y proyectiles disparados desde la muralla cubrió la retirada de los sitiados. Estos, al ponerse a salvo bajo el muro, incendiaron el árgano y la torre de ladrillo. Así, debido a la traición de los enemigos y la fuerza del viento, el trabajo de meses se perdió en un instante.

Al día siguiente, los marselleses intentaron hacer lo mismo, confiados en que el viento les favorecía otra vez. Salieron con mayor ímpetu a combatir junto a otra torre y el terraplén, lanzando fuego por todas partes. Pero los nuestros, que el día anterior se habían relajado, ahora estaban escarmentados y tenían todo preparado para defenderse. Así, tras matar a muchos enemigos, hicieron retroceder a los demás dentro de la ciudad, frustrando por completo su intento.

Trebonio se propuso recuperar lo perdido con un esfuerzo aún mayor de los soldados. Ellos, al ver que se habían desperdiciado tantos días de trabajo y provisiones, y sintiendo en lo más profundo la traición de los sitiados, se sintieron burlados en su valentía. Como ya no quedaban árboles alrededor para obtener materiales, pues habían talado y llevado todos los del contorno, decidieron construir un terraplén con una técnica completamente nueva: en lugar de madera, lo hicieron con dos muros de ladrillo de seis pies de grosor, con un terrado casi igual al anterior de madera. Donde la distancia entre los muros o la fragilidad del material lo exigía, insertaron pilares de madera con vigas transversales que le daban estabilidad, y toda la estructura fue cubierta con zarzos y adobes. Los soldados, protegidos por los muros a los lados, el techo arriba y los parapetos al frente, podían llevar sin peligro todo lo necesario para la construcción. Pusieron gran empeño en la obra y, gracias a su habilidad y esfuerzo, en poco tiempo lograron recuperar el trabajo que se había perdido en un solo día. Se dejaron puertas en el muro en los puntos estratégicos para facilitar las salidas.

Cuando los enemigos vieron que todo lo que creían que tardaría mucho en reconstruirse había sido restaurado con rapidez y eficiencia, y que ya no tenían manera de hacer daño ni a los soldados con sus armas ni a las fortificaciones con fuego, comprendieron que la ciudad podía ser completamente cercada con muros y torres. Esto significaba que no podrían siquiera permanecer en sus propias murallas, pues el nuevo terraplén parecía un fuerte sobrepuesto a sus defensas, desde donde los nuestros podían lanzar dardos a mano. Además, se dieron cuenta de que sus baterías de artillería, en las que tenían tanta confianza, eran inútiles debido a la cercanía del enemigo. Y lo peor para ellos: en una lucha de muro a muro y de torre a torre, no podían igualar en valor a nuestros soldados. Por ello, decidieron volver a negociar su rendición.

Marco Varrón, al asumir el gobierno de la Hispania Ulterior, al principio observó con cautela lo que ocurría en Italia. Desconfiando del bando de Pompeyo, hablaba de César con el mayor respeto, diciendo que, si bien había sido designado por Pompeyo y tenía un compromiso con él, no por eso dejaba de reconocer los méritos de César. Tampoco ignoraba cuál era el deber de un oficial subalterno, la fuerza real de su ejército ni la inclinación de toda la provincia hacia César. Estas eran sus palabras en todas sus conversaciones, sin inclinarse abiertamente por ninguno de los dos bandos. Sin embargo, cuando supo que César se encontraba en Marsella, que Petreyo y Afranio habían unido fuerzas y que habían recibido muchos refuerzos, que toda la Hispania Citerior se había puesto de su lado y que se mostraban muy confiados en la victoria, empezó a cambiar de actitud. También recibió cartas de Afranio, escritas con gran confianza y arrogancia, informándole de las dificultades de César en Lérida y de la escasez de suministros, lo que lo convenció aún más de tomar partido por Pompeyo.

Marco Varrón comenzó a reclutar tropas por toda la provincia. A sus dos legiones completas les sumó treinta cohortes auxiliares y reunió una gran cantidad de trigo, parte del cual envió a los marselleses y parte a Petreyo y Afranio. Ordenó a los gaditanos construir diez galeras y mandó fabricar muchas más en Sevilla. Además, hizo trasladar a Cádiz todo el dinero y las riquezas del templo de Hércules, dejando allí una guarnición de seis cohortes sacadas de la provincia, y nombró gobernador a Cayo Galonio, un caballero romano amigo de Domicio, que había sido enviado a la región para gestionar una herencia. Todas las armas, tanto públicas como privadas, fueron depositadas en casa de Galonio.

Al mismo tiempo, Varrón pronunciaba discursos cada vez más insolentes contra César, repitiendo en su tribunal que César había sido derrotado, que muchos de sus soldados habían desertado para unirse a Afranio y que tenía información fidedigna de que todo esto era cierto. Aterrorizados por sus declaraciones, los ciudadanos romanos de la provincia se vieron obligados a contribuir con once millones de sestercios y veinte mil fanegas de trigo para el sostenimiento de la República. A las ciudades que sospechaba simpatizaban con César, les imponía tributos aún más elevados. Si en alguna de ellas encontraba personas que criticaban la gestión romana, confiscaba sus bienes, trasladaba tropas a la ciudad y dictaba sentencias contra los habitantes. Además, obligó a toda la provincia a jurarle lealtad tanto a él como a Pompeyo.

Cuando Varrón recibió noticias de lo ocurrido recientemente en la Hispania Citerior, se preparó para la guerra. Su plan consistía en marchar con dos legiones a Cádiz, tomar el control de las naves y el trigo allí almacenado, pues ya sabía que toda la provincia apoyaba a César. Estando bien abastecido y con una flota considerable dentro de la isla, creía que sería fácil prolongar el conflicto.

César, aunque muchos asuntos urgentes lo llamaban a Italia, estaba decidido a no dejar ningún foco de resistencia en Hispania, sabiendo bien los grandes favores que Pompeyo había concedido en la Citerior y la cantidad de seguidores que aún tenía allí.

Por tanto, habiendo enviado a la Ulterior dos legiones con Quinto Casio, tribuno de la plebe, César partió con seiscientos jinetes, marchando a gran velocidad, después de haber dictado una orden que disponía que para un día determinado comparecieran ante él los magistrados y regidores de todas las ciudades en Córdoba. Publicado este edicto por toda la provincia, no hubo ciudad que no enviara representantes de su gobierno a Córdoba, ni ciudadano romano de cierta relevancia que no asistiera al día señalado. Mientras tanto, el propio gobierno de Córdoba, actuando por su cuenta, cerró las puertas a Varrón, puso guardias y centinelas en la muralla y en las torres, y retuvo dos cohortes llamadas Colonias, que pasaban por allí casualmente, para la defensa de la ciudad. En esos mismos días, los habitantes de Carmona, ciudad sin comparación la más fuerte de toda la provincia, al ver que Varrón había introducido tres cohortes en el castillo, las expulsaron por sí mismos y cerraron los rastrillos de las puertas.

Varrón, por ello, se apresuró aún más para llegar cuanto antes con sus legiones a Cádiz, temiendo que le cortaran el paso por tierra o por mar. Cuando estaba en parte del camino, dado el entusiasmo tan sincero y generalizado de la provincia hacia César, recibió cartas de Cádiz con la noticia de que, apenas se supo del edicto, los regidores de Cádiz, en acuerdo con los oficiales de las cohortes que estaban de guarnición, resolvieron expulsar a Galonio y mantener la isla y la plaza fieles a César. Con este acuerdo, le comunicaron a Galonio que saliera voluntariamente mientras podía hacerlo sin peligro; de lo contrario, tomarían medidas. Galonio, intimidado, abandonó Cádiz.

Al recibir esta noticia, una de las dos legiones, la llamada Vernácula, levantó los estandartes y, ante la misma presencia de Varrón, marchó desde Sevilla y se alojó en la plaza y los pórticos sin causar daño alguno. Este acto fue tan bien recibido por los ciudadanos romanos del lugar, que se disputaban hospedarlos con esmero en sus casas. Varrón, intimidado por estos sucesos, y habiendo cambiado de rumbo con la intención de dirigirse a Itálica, fue advertido por sus seguidores de que las puertas de esa ciudad estaban cerradas. Entonces, viéndose completamente bloqueado, envió a decir a César que estaba dispuesto a entregar la legión a quien él dispusiera. César le envió a Sesto César con la orden de recibirla. Entregada la legión, Varrón fue a Córdoba para entrevistarse con César y, tras rendir cuentas de su administración, entregó fielmente todo el dinero que tenía en su poder, y detalló cuántas provisiones y embarcaciones había y dónde se encontraban.

César, en la asamblea de Córdoba, agradeció públicamente a todos: a los cordobeses, por asegurarle la ciudad; a los de Carmona, por haber expulsado las guarniciones; a los gaditanos, por haber frustrado los planes de los contrarios y protegido su libertad; y a los tribunos militares y capitanes enviados a Cádiz, por haber sostenido con firmeza la voluntad del pueblo. Devolvió a los ciudadanos romanos el dinero ofrecido a Varrón como contribución pública; restituyó los bienes confiscados a quienes habían hablado con demasiada libertad; y tras conceder varios favores colectivos y particulares, infundió buenas esperanzas a todos. Habiéndose quedado dos días en Córdoba, partió hacia Cádiz, donde ordenó devolver al templo de Hércules el dinero y los exvotos que habían sido trasladados a una casa particular. Nombró gobernador de la provincia a Quinto Casio, dejándole a su mando cuatro legiones. Él mismo, con las naves que Marco Varrón y, por su orden, los gaditanos habían construido, llegó en pocos días a Tarragona, donde lo esperaban los diputados de casi toda la Hispania Citerior. Allí, como en Córdoba, se decretaron varios beneficios tanto generales como particulares, y luego partió de Tarragona por tierra rumbo a Narbona, y de ahí a Marsella. Allí supo que, promulgada la ley para nombrar dictador, él mismo había sido elegido por el pretor Marco Lépido.

Los marselleses, agotados por todo tipo de desgracias, reducidos a una extrema escasez de alimentos, vencidos en dos batallas navales, derrotados en múltiples salidas, y además afligidos por una fuerte epidemia provocada por el prolongado encierro y el cambio de dieta (pues se alimentaban de mijo añejo y cebada dañada, guardados para emergencias), sin esperanza alguna de recibir ayuda de provincias o ejércitos —que sabían habían caído en manos de César—, con su torre derrumbada y buena parte de su muralla destruida, decidieron rendirse definitivamente. Pero pocos días antes, Lucio Domicio, al conocer esta decisión, preparó tres naves, destinando dos a sus compañeros y embarcándose él en la tercera. Aprovechando una espesa niebla, se hizo a la mar. Las naves que por orden de Bruto custodiaban diariamente el puerto lo divisaron y, levadas las anclas, lo persiguieron. De los tres navíos, solo el de Domicio logró avanzar y continuó su huida hasta que, protegido por la oscuridad, se perdió de vista. Los otros dos, temiendo ser alcanzados por nuestras naves, regresaron al puerto.

Los marselleses, obedeciendo las instrucciones, entregaron fuera de la ciudad las armas y las máquinas de guerra, sacaron las naves del arsenal y del puerto, y entregaron el tesoro público. César, una vez concluidas estas gestiones, les concedió la vida por respeto a la reputación y antigüedad de su república, no porque lo merecieran. Dejó en la ciudad dos legiones como guarnición, envió las demás a Italia y él mismo partió rumbo a Roma.

Por ese mismo tiempo, Cayo Curión, navegando de Sicilia a África, confiado de antemano en la debilidad de Publio Atio Varo, llevaba consigo dos legiones —de las cuatro que le había confiado César— y quinientos jinetes. Tras dos días y dos noches de navegación, desembarcó en un lugar llamado Aguilera, a veintidós millas de Clupea. Este sitio tiene una bahía bastante buena en verano, entre dos altos promontorios. Lucio César el Joven, que estaba en Clupea esperando su llegada con diez galeras (naves que habían sido capturadas durante la guerra contra los piratas y que Publio Atio había hecho reparar en Útica con motivo de la guerra actual), al ver la gran flota, huyó mar adentro. Luego, bordeando la costa con su galera cubierta, la dejó varada en la playa y escapó por tierra a la ciudad de Adrumeto, que era defendida por Cayo Considio Longo con una legión. Tras su huida, las demás galeras se retiraron al puerto de Adrumeto. En su persecución, el cuestor Marco Rufo, con doce barcos que Curión había sacado de Sicilia para escoltar los transportes, encontró la galera abandonada en la costa, la remolcó y regresó con la escuadra a reunirse con Curión.

Curión envía por mar a Marco por delante hacia Útica, y él mismo marcha con el ejército hacia ese lugar. Luego de dos jornadas de marcha, llega al río Bagrada, donde deja a las legiones al mando del legado Cayo Caninio Rebilo, y él se adelanta con la caballería para inspeccionar los reales cornelianos, sitio considerado muy ventajoso para establecer el campamento. Se trata de una cordillera empinada que domina el mar, escarpada y difícil por ambos lados, aunque algo más accesible por la parte que da a Útica. Está a poco más de una milla de Útica por el camino recto, pero en esa ruta hay una fuente que desemboca en el mar, formando un gran lago. Quien no quisiera atravesarlo debía rodearlo por seis millas para llegar a la ciudad.

Mientras inspeccionaba ese sitio, Curión observa los reales de Varo, situados junto al muro de la ciudad, por la puerta llamada Bélica, muy bien defendidos por su ubicación natural; por un lado, la misma ciudad de Útica, y por el otro, el teatro construido enfrente de ella, sobre enormes bóvedas, lo que hacía difícil y estrecho el acceso a los reales. Al mismo tiempo nota que todos los caminos están llenos de gente que, temerosa de una guerra repentina, traslada sus bienes y pertenencias desde las aldeas hacia la ciudad. Entonces envía caballería en esa dirección para interceptarlos y aprovechar el botín. Varo, al enterarse, envía también desde la ciudad una escolta de seiscientos jinetes númidas y cuatrocientos infantes, los mismos que pocos días antes había enviado en auxilio el rey Juba. Este rey, por tradición heredada de su padre, era tan amigo de Pompeyo como enemigo de Curión, ya que, siendo Curión tribuno de la plebe, había promovido una ley para despojarlo del reino.

En el primer choque entre nuestra caballería y los númidas, estos no soportaron la carga; dejaron en el campo ciento veinte muertos y los demás se refugiaron en el campamento, al abrigo del muro. Mientras tanto, al llegar nuestras galeras, Curión ordena a las doscientas naves mercantes ancladas en la rada de Útica que se considerará enemigos a quienes no levanten velas de inmediato y se dirijan a los reales cornelianos. Hecha la advertencia, todas zarpan al instante y van al lugar indicado, con lo que el ejército quedó abastecido de todo.

Después de esto, Curión regresa a su campamento en Bagrada, donde es aclamado a una sola voz por todo el ejército como general en jefe. Al día siguiente, lleva sus tropas a Útica y acampa cerca de la ciudad. Apenas había comenzado a instalarse, cuando las avanzadas de la caballería le informan que se aproximan grandes refuerzos de caballería e infantería enviados por el rey; al mismo tiempo, se ve una gran polvareda y poco después aparece la vanguardia. Curión, sorprendido por la noticia, envía rápidamente a su caballería para enfrentar el primer choque, mientras él saca las legiones de las trincheras y las arma. La caballería ataca, y antes de que las legiones pudieran organizarse, las tropas del rey, completamente sorprendidas y desordenadas —pues marchaban sin formación ni precaución— ya estaban en fuga. La caballería, en su mayoría, escapó corriendo por la ribera hacia la ciudad, mientras que buena parte de la infantería fue masacrada.

Esa misma noche, dos centuriones marsos, con veintidós soldados, desertaron del campamento de Curión al de Accio Varo. Estos hombres, ya sea que dijeran lo que realmente pensaban o que simplemente intentaran halagar a Varo —pues tan fácil es creer lo que se desea, como pensar que todos comparten nuestras ideas—, aseguraron que toda la tropa obedecía a Curión con desagrado, y que sería muy conveniente que ambos ejércitos se vieran y pudieran hablarse. Varo, creyéndolo cierto, al amanecer siguiente saca sus legiones del campamento; lo mismo hace Curión, y con solo un valle no muy grande entre ambos, los ejércitos se forman en orden de batalla.

En el ejército de Varo estaba Sesto Quintilio Varo, de quien ya dijimos que estuvo en Corfinio. Este, puesto en libertad por César, había marchado a África, y Curión había traído consigo las mismas legiones que César había reclutado en Corfinio tiempo atrás; de modo que, sin más cambios que los de algunos centuriones, las unidades seguían prácticamente intactas. Quintilio, aprovechando esta relación, comenzó a correr frente al ejército de Curión, suplicando a los soldados "que no olvidaran el primer juramento que habían hecho en manos de Domicio y del propio Quintilio como su cuestor; que no levantaran las armas contra quienes habían sido sus compañeros en la misma campaña y en el mismo sitio; que no lucharan en favor de quienes los despreciaban llamándolos desertores". Concluyó su arenga ofreciéndoles generosas recompensas, asegurando que podrían esperarlas de su parte si se unían a las banderas de Accio.

Terminado el discurso, el ejército de Curión no reaccionó de ningún modo, y ambos ejércitos se retiraron a sus respectivos campamentos.

Sin embargo, este episodio sembró un temor generalizado en el campamento de Curión, que pronto creció con los rumores y comentarios de los soldados, como suele ocurrir. Cada uno añadía algo nuevo a lo que había oído, y lo que había sido dicho por un solo individuo se propagaba rápidamente y parecía provenir de muchos. Se decía que esta era una guerra civil; que los soldados eran libres de actuar a su antojo; que las legiones eran las mismas que poco antes habían estado con el enemigo; que los beneficios otorgados por César ya no eran valorados, pues solía aceptar sin reparos a cuantos desertaban del bando contrario, como lo demostró la noche anterior con los desertores de los marsos y peliños. Estas cosas se comentaban en los campamentos, y algunos camaradas daban aún peor sentido a las palabras de los soldados. Los que querían parecer más informados, incluso inventaban historias.

Ante esto, Curión convocó una asamblea y puso el asunto a consulta. Algunos opinaban que debía aprovecharse el momento para atacar con todo empeño el campamento de Varo, pues no hay nada más dañino que el ocio en medio de la inquietud de los soldados. Decían que más valía arriesgarse en una batalla valiente, que ser abandonados por los suyos y terminar siendo víctimas de castigos atroces. Otros creían más prudente retirarse en la noche a Castro Cornelio, donde habría más tiempo y mejores condiciones para recuperar la lealtad de los soldados. Y, si aun así se desatara una crisis, estando cerca tantas embarcaciones, la retirada a Sicilia sería más fácil y segura.

Curión no aprobaba ninguno de estos consejos, diciendo que tanto como uno demostraba cobardía, el otro caía en una temeridad excesiva; que los primeros proponían como salida una fuga vergonzosa, y los segundos una batalla en la que el enemigo tenía la ventaja del terreno. "¿Por dónde —dijo— pretendemos forzar unas trincheras tan bien defendidas por la naturaleza y por el arte? ¿O qué ganamos con ser rechazados con gran pérdida en el asalto? Como si no fueran los éxitos, y no los fracasos, los que ganan para los jefes la simpatía de los soldados. ¿Y cambiar de campamento qué otra cosa es, sino una huida cobarde, reconocer la derrota y perder la moral del ejército? No es prudente que los leales sospechen que no confiamos en ellos, ni que los malintencionados comprendan que les tememos, pues así aumenta la insolencia de unos y disminuye el afecto de otros. Supongamos que es verdad lo que se dice sobre el descontento de la tropa (aunque yo lo creo falso o, en todo caso, muy exagerado), ¿no es mucho mejor disimularlo y ocultarlo que confirmarlo con los hechos? ¿No se deben esconder, como se hace con las heridas del cuerpo, los males del ejército para no aumentar el atrevimiento de los enemigos? Y aún quieren más: que salgamos de noche, sí, para dar más libertad a los que intenten desertar, pues no hay freno más eficaz en estos casos que el pudor y el temor, y nada es más contrario a ellos que la noche. Así que no soy tan imprudente como para lanzarme al asalto sin esperanza de éxito, ni tan cobarde como para darme por vencido. Más bien, creo que debemos probar antes todos los recursos, y confío en que, cuando se vea la realidad, estaremos todos de acuerdo en lo esencial."

Disuelto el consejo, Curión reúne a los soldados y les recuerda el importante servicio que prestaron a César en Corfinio; cómo su ejemplo atrajo a gran parte de Italia: "Porque a ustedes —dice— y a su ejemplo han seguido uno tras otro todos los pueblos. Por eso no es extraño que sean tan amados por César como odiados por sus enemigos. ¡Y cómo no! Pompeyo, sin haber perdido una sola batalla, huyó de Italia apenas se anunció su acción. César les confió en mis manos lo que más quería, junto con Sicilia y África, sin las cuales no se puede sostener a Roma ni a Italia. Sé que hay quienes intentan inducirlos a abandonarnos, y ¿qué pueden desear más nuestros enemigos que perdernos a nosotros y hacerlos a ustedes cómplices de una traición despreciable? ¿Qué peor idea puede tener quien los odia que empujarlos a traicionar a quienes les deben toda su fortuna, y entregarlos a los mismos que los ven como causantes de su ruina?

¿Ignoran acaso las hazañas de César en Hispania? Dos ejércitos completamente derrotados, dos generales vencidos, dos provincias conquistadas, y todo en solo cuarenta días desde que se presentó ante los enemigos. ¿Y cómo resistirán ahora los que antes no pudieron hacerlo en su mejor momento? Y ustedes, que siguieron a César cuando la victoria aún no estaba asegurada, ¿quieren ahora seguir al derrotado, cuando deberían estar disfrutando del premio a su lealtad?

Dicen que ustedes desertaron y que traicionaron un juramento. Pero, ¿fueron ustedes quienes abandonaron a Domicio, o fue él quien los abandonó a ustedes? ¿No fue él quien, cuando ustedes estaban dispuestos a llegar hasta el final, los dejó completamente desamparados? ¿No huyó sin dar aviso alguno? ¿No es cierto que, vendidos por él, viven hoy gracias a la generosidad de César? ¿Y cómo podría obligarlos un juramento hecho a un hombre que, abandonadas sus insignias, despojado del mando, sin autoridad y prisionero, pasó a depender de otro? Solo falta que les echen en cara ese juramento, queriendo que, sin respetar el que ahora los obliga, cumplan con otro que, al cesar su comandante, quedó sin efecto.

Tal vez no tengan quejas contra César, pero sí contra mí. No quiero recordarles los favores que les he hecho, porque han sido hasta ahora menores de lo que yo hubiera deseado y de lo que ustedes esperan. Aun así, sé decirles que los soldados solo piden recompensas cuando el éxito les acompaña, y ustedes mismos están viendo cuál es el resultado. ¿Acaso mi esfuerzo, la situación actual y la fortuna no merecen al menos un reconocimiento?

¿Tan mal les parece haber transportado al ejército sano y salvo, sin perder una sola nave? ¿Derrotar a la escuadra enemiga al llegar, vencerlos dos veces en dos días con la caballería, sacarles de su misma rada y puerto doscientos barcos de transporte, y reducirlos a tal extremo que no puedan recibir víveres ni por tierra ni por mar? Y ahora ustedes, renunciando a semejante fortuna y semejantes comandantes, ¿qué es lo que buscan? ¿El desastre de Corfinio, la fuga de Pompeyo, la rendición de Hispania, los primeros pasos fallidos de esta guerra africana?

Yo, por mi parte, me sentía satisfecho con ser llamado soldado de César. Ustedes mismos me proclamaron general; ahí tienen su decisión, si ahora se arrepienten de haberme dado ese título, entonces devuélvanme mi antiguo nombre, pero no digan que me dieron un rango solo para convertirme en motivo de vergüenza."

Grande fue la impresión que causó este razonamiento en los soldados, al punto que lo interrumpían a cada palabra, dolidos de que se sospechara mal de ellos. Terminado el discurso, todos a una voz le suplicaron "que tuviera ánimo, y no dudara en dar batalla y probar su lealtad y valor". Así, transformados los ánimos y las opiniones, Curión decidió, con el acuerdo general, arriesgarse al combate en la primera ocasión que se presentara. Al día siguiente, saca sus tropas y las coloca en el mismo lugar que había ocupado los días anteriores. Tampoco Varo dejó de sacar las suyas, para no perder la oportunidad de ganar adeptos entre los soldados o combatir si podía hacerlo en terreno favorable.

Había entre los dos ejércitos, como ya se insinuó, un valle con una pendiente no muy pronunciada. Cada parte esperaba a ver si el otro se atrevía a cruzarlo para tener ventaja en la pelea. En eso, por el ala izquierda de Publio Accio, toda la caballería y los soldados ligeros mezclados con ella comenzaron a descender hacia el valle. Curión envía en seguida su caballería y dos cohortes marrucinas, y al primer choque, los caballos enemigos no resistieron, sino que huyeron a galope tendido hacia sus propias filas. Los soldados ligeros que habían bajado con ellos, al quedar desprotegidos, fueron atrapados y abatidos por los nuestros. Al volver la vista atrás, se podía ver a todo el ejército de Varo presenciando la fuga y matanza de los suyos. Entonces Rebilo, legado de César, a quien Curión había traído desde Sicilia por su gran experiencia militar, le dijo: "Ya ves, Curión, al enemigo consternado; ¿por qué no aprovechas la ocasión?". Curión, simplemente recordando a sus soldados las promesas del día anterior, ordena que lo sigan y se lanza corriendo al frente de todos.

La subida del valle era tan difícil que los primeros no podían escalarla sin ayuda de los que venían detrás. Pero los soldados de Accio, asustados por la fuga y matanza de sus compañeros, imaginaban que iban a ser cercados por la caballería. Y así, antes de que nuestros hombres pudieran llegar siquiera al alcance de una flecha, todo el ejército de Varo dio la espalda y se replegó dentro de sus trincheras.

Mientras huían, un soldado raso del ejército de Curión, llamado Fabio Felino, alcanzó a los fugitivos de la vanguardia y comenzó a gritar llamando a Varo por su nombre, como si fuera uno de sus soldados que quería darle una advertencia o hablarle. Varo, al oír que lo llamaban tantas veces, se detuvo y preguntó quién era y qué quería; entonces Fabio le lanzó una estocada al hombro derecho, que por poco no lo mata, aunque logró defenderse con el escudo. Fabio, rodeado por los que estaban más cerca, fue despedazado. Los fugitivos se agolparon en tal número y con tanto desorden en las puertas del campamento, que no cabían por ellas, y muchos murieron aplastados en ese tumulto, más que en la batalla o en la retirada. Faltó poco para que los echaran de las trincheras, pues algunos corrieron sin detenerse hasta entrar en la ciudad.

Pero la naturaleza del terreno, así como la fortificación del campamento, impidieron el avance, ya que los soldados de Curión no tenían instrumentos para el asalto, habiendo salido para combatir, no para atacar plazas. Por tanto, Curión retiró su ejército al campamento sin haber perdido más que a Fabio. Por parte del enemigo quedaron unos seiscientos muertos y mil heridos. Después de la retirada de Curión, muchos de estos heridos, y otros que fingían estarlo, al no sentirse seguros en el campamento, se refugiaron en la ciudadela. Al darse cuenta de ello, Varo, informado del pánico en su ejército, dejó en el campamento un trompeta y algunas tiendas sobre plataformas, y a medianoche, en silencio, introdujo a sus tropas dentro de la ciudad.

Al día siguiente, Curión se propuso sitiar la plaza y comenzar a trazar la línea de circunvalación. En Útica había mucha gente que, por haber vivido en paz durante tanto tiempo, no sabía lo que era la guerra; los ciudadanos eran sumamente afectos a César por los favores que habían recibido de él, y el concejo estaba formado por personas de diversas clases. El pánico por las refriegas recientes era grande, por lo que todos hablaban abiertamente de rendirse, insistiendo a Publio Accio que no quisiera, por su obstinación, arruinar a todos. En ese momento llegaron mensajeros del rey Juba informando que ya marchaba con un gran ejército, y exhortándolos mientras tanto a defender y proteger la ciudad, con lo cual recobraron el ánimo.

Estas mismas noticias llegaban a Curión, pero durante un tiempo no quiso creer que fueran ciertas, tan confiado estaba por sus propios éxitos. Además, ya se difundía por África, por correos y cartas, la noticia de los triunfos de César en Hispania. Por estas razones, Curión, envanecido, se persuadía de que el rey no se atrevería a atacarlo. Pero cuando supo con certeza que sus tropas estaban a menos de veinticinco millas de Útica, levantó el sitio y se retiró a Castro-Cornelio, donde empezó a almacenar trigo, fortificar el campamento y reunir materiales, enviando de inmediato a Sicilia a pedir las dos legiones restantes y el resto de la caballería. El lugar era muy adecuado para sostener la guerra, tanto por su posición y fortaleza, como por la cercanía del mar y la abundancia de agua y sal, que había sido acumulada de antemano en grandes cantidades gracias a las salinas cercanas. No faltaba leña, debido a los muchos bosques, ni trigo, pues los campos estaban llenos. Por estas razones, Curión, con el apoyo de todos sus hombres, se disponía a esperar refuerzos y continuar la guerra con calma.

Una vez tomadas estas medidas y aprobado el plan, ciertos desertores procedentes de la ciudad le informaron que Juba, retenido por un conflicto en la frontera y por algunas disputas con los leptitanos, se había quedado en su reino, enviando solamente parte de sus fuerzas bajo el mando de Sabura, su primer ministro, que ya estaba cerca de Útica. Creyendo sin más estas palabras, Curión cambió de parecer y decidió salir inmediatamente al campo. Para esta resolución influyeron mucho el ardor de su juventud, la nobleza de su carácter, el éxito de sus empresas pasadas y la confianza en la suerte de la actual. Con tales ánimos, esa misma noche envió toda su caballería contra el enemigo, que bajo el mando del mencionado Sabura estaba acampado a orillas del Bagrada. Pero el rey venía con el grueso del ejército y estaba acampado a seis millas de Sabura. La caballería, marchando de noche, cayó sobre los enemigos, que, como buenos bárbaros, estaban echados al descuido, sin orden ni disciplina; así que, tomándolos dormidos y dispersos, causaron gran matanza, y muchos, despavoridos, echaron a huir.

Hecho esto, la caballería regresa con los prisioneros capturados a Curión, quien había salido después de medianoche con toda la infantería, dejando cinco cohortes de guarnición en el campamento. A las cinco millas se encuentra con la caballería, se entera de lo sucedido y pregunta a los prisioneros quién mandaba el campamento en Bagrada. Le responden que Sabura, y sin indagar más, ansioso por concluir la jornada, se vuelve hacia los que lo acompañaban y les dice: "¿No veis, amigos, cómo la declaración de los prisioneros concuerda con lo dicho por los desertores? El rey no está aquí; no ha enviado más que un pequeño destacamento que no ha podido resistir a unos cuantos jinetes. Por tanto, corred, volad hacia la victoria y la gloria, que ha llegado el momento de recompensar vuestros servicios".

Realmente, eran notables las hazañas de la caballería, especialmente si se comparaba su pequeño número con la multitud de númidas, y ellos mismos las exageraban aún más, contándolas como suele hacerse al jactarse de las acciones gloriosas. Luego mostraban con orgullo los numerosos despojos, alardeaban de los hombres y caballos capturados, de modo que cuanto más se demoraban, más les parecía que estaban perdiendo la victoria. Así, el entusiasmo de los soldados avivaba la esperanza de Curión. Ordena entonces a la caballería que lo siga y acelera la marcha con la intención de atacarlos mientras aún estaban aterrados por la reciente derrota. Pero la caballería, agotada por la marcha nocturna, no podía seguirle el paso, y unos y otros iban quedando rezagados por el camino. Aun así, Curión no abandonaba su esperanza.

Juba, al enterarse por Sabura del ataque nocturno, le envía de inmediato dos mil jinetes españoles y galos —que formaban parte de su guardia personal y eran la unidad más apreciada de su infantería—. Él mismo avanzaba más lentamente con el resto de sus tropas y cuarenta elefantes, sospechando que Curión estaría presente, pues ya había enviado por delante a su caballería. Sabura organizó sus tropas de caballería e infantería, dándoles orden de fingir temor y retroceder poco a poco; en el momento oportuno, él daría la señal de ataque y dictaría las instrucciones necesarias.

Curión, cada vez más convencido de que los enemigos estaban en fuga, desciende con sus tropas desde las alturas a campo abierto. Luego de caminar una gran distancia, con el ejército ya exhausto por la marcha forzada de dieciséis millas, detiene la marcha. Sabura da la señal a los suyos, ordena las formaciones y recorre las filas infundiéndoles ánimo. Mientras tanto, deja a la infantería en la retaguardia, utilizándola solo como apoyo visual, y hace avanzar la caballería. Curión no deja de cumplir con su deber, animando a sus soldados a que depositen toda su confianza en su valor. Y en efecto, lo demostraban: tanto los infantes, pese al cansancio, como los pocos jinetes —no más de doscientos, ya que el resto había quedado atrás en el camino— peleaban con gran ímpetu. Dondequiera que atacaban, hacían retroceder al enemigo, pero no podían perseguirlo mucho ni herir eficazmente a la caballería enemiga.

La caballería enemiga empieza a rodear por los flancos a los nuestros y a atacarles por la retaguardia. Si nuestras cohortes salían un poco de las filas, los númidas —más ágiles y descansados— esquivaban fácilmente el choque, y al retirarse hacia sus propias líneas, los cercaban y separaban del cuerpo del ejército. De este modo, ni era seguro mantenerse en formación, ni avanzar para intentar cambiar el curso de la batalla. Las fuerzas del enemigo crecían con los refuerzos constantes que les enviaba el rey. A nuestros hombres les faltaban ya las fuerzas debido al agotamiento continuo. Además, los heridos no podían salir del combate ni refugiarse en ningún sitio, pues todo el ejército estaba cercado por la caballería enemiga. Ante esta desesperada situación, como ocurre en los últimos momentos de la vida, unos se lamentaban de su destino, otros encomendaban a sus padres a quienes tal vez la fortuna les permitiera sobrevivir. Todo era temor y llanto.

Al ver Curión que todos estaban abatidos, que no atendían a sus exhortaciones ni a sus ruegos, le pareció que no había otro medio de salvación que tomar los cerros cercanos, y ordenó marchar hacia ellos con banderas desplegadas. Pero incluso esos cerros ya estaban ocupados por la caballería enviada por Sabura. Entonces los nuestros perdieron toda esperanza: unos, al intentar huir, eran degollados por los jinetes enemigos; otros caían en sus puestos. El general de caballería Cneo Domicio, acudiendo a Curión con una pequeña unidad, le aconseja que huya al campamento, prometiéndole no separarse de su lado. Pero Curión responde que "jamás volverá a ver el rostro de César, habiendo perdido el ejército que le fue confiado". Así, muere peleando. Muy pocos jinetes lograron salir con vida de la batalla; pero aquellos que se habían quedado atrás para descansar a los caballos, al ver de lejos la derrota del ejército, se retiraron ilesos al campamento. De la infantería no se salvó ni un solo hombre.

El cuestor Marco Rufo, a quien Curión había dejado en el campamento, al conocer la desgracia, exhortó a los suyos a no desanimarse; ellos, por su parte, le suplicaban con insistencia que los embarcara hacia Sicilia. Él les promete hacerlo, y ordena a los capitanes de las naves que al anochecer tengan listas todas las chalupas. Pero cundió tal terror entre todos, que unos aseguraban que Juba estaba ya encima con sus tropas, otros que Varo llegaba con sus legiones, y que incluso ya se veía el polvo que levantaban —aunque nada de esto era cierto—. Algunos imaginaban que pronto tendrían encima también a la escuadra enemiga, y en medio de esta confusión general, cada uno solo pensaba en su propia salvación. Los de la flota se apresuraban a zarpar, y su prisa contagiaba a los patrones de los barcos de carga. Fueron pocas las lanchas que llegaron a tiempo al lugar convenido. Pero la muchedumbre era tan grande, que se agolpaba en la ribera, y al disputarse quién debía embarcar primero, algunas embarcaciones se hundieron por el exceso de gente y peso; otras, por temor, rehusaban acercarse.

Solo algunos soldados y jefes de familia, acogidos por amistad, por compasión o que lograron nadar hasta los barcos, pudieron llegar sanos y salvos a Sicilia; los demás, aquella misma noche, enviaron diputados a sus centuriones y se rindieron a Varo. Al día siguiente, Juba, presentándolos delante de la ciudad, gritó que esa era su presa, y mandó degollar a muchos; solo reservó a unos pocos, escogidos para su servicio en el reino, sin que Varo se atreviera a oponerse, aunque protestaba que se estaba violando su palabra. El rey, entrando a la ciudad montado a caballo, acompañado de varios senadores —entre ellos Servio Sulpicio y Licinio Damasipo—, dictó las disposiciones que creyó convenientes, y pocos días después regresó con todas sus tropas a su reino.

LIBRO TERCERO: EN FARSALIA SE DECIDE EL DESTINO DE LA REPÚBLICA ROMANA

Presidiendo César como dictador en las Cortes generales, fueron elegidos cónsules el mismo Julio César y Publio Servilio, ya que las leyes le permitían serlo ese año. Una vez elegido, viendo que en toda Italia el comercio estaba paralizado por el impago de deudas, nombró jueces árbitros para que tasaran las propiedades y bienes al valor que tenían antes de la guerra y se entregaran como pago a los acreedores. Esto le pareció lo más adecuado, tanto para asegurar los pagos —que en las guerras civiles suelen fallar— como para conservar la reputación de los deudores. Asimismo, por petición de los pretores y tribunos al pueblo, indemnizó a algunos condenados por cohecho en virtud de la ley Pompeya, cuando Pompeyo, a favor de sus legiones, lo mandaba todo en Roma y los juicios se despachaban en un solo día, siendo unos jueces quienes oían las acusaciones y otros quienes dictaban sentencia. Estos condenados, desde el comienzo de la guerra civil, se habían ofrecido a su servicio, y él lo valoró tanto como si efectivamente le hubieran servido, pues no fue por falta de voluntad. Quiso que fueran absueltos por voto del pueblo y no solo por gracia suya, para así corresponder a su lealtad sin menoscabar los derechos populares.

En la gestión de estos asuntos, la celebración de las Ferias Latinas y la conclusión de todo lo relativo a las juntas, empleó once días, y renunciando a la dictadura, partió de Roma y se dirigió a Brindis, donde, por su orden, le esperaban doce legiones y toda la caballería. Pero halló tan pocas embarcaciones, que apenas podía embarcar en ellas a veinte mil hombres y quinientos jinetes. Esta falta de naves fue el único obstáculo que impidió a César concluir rápidamente la guerra. Y aun estas tropas se embarcaron muy incompletas, pues las muchas campañas en la Galia las habían desgastado, muchos habían muerto en el largo viaje desde España, y todo el ejército, acostumbrado a los aires puros de la Galia y España, sufría los efectos dañinos del otoño, que en la Pulla y los alrededores de Brindis suele traer enfermedades.

Pompeyo, habiendo gozado de un año entero sin ser molestado para prepararse para la guerra, había armado una gran flota con barcos del Asia, las islas Cícladas, Corfú, Atenas, el Ponto, Bitinia, Siria, Cilicia, Fenicia y Egipto; sin contar los muchos navíos construidos en todos los astilleros. Había recaudado grandes contribuciones en Asia, Siria y entre todos los reyes, potentados y tetrarcas; y también de los pueblos libres de Acaya había exigido grandes sumas de dinero a las compañías mercantiles establecidas en las provincias bajo su jurisdicción.

Había completado nueve legiones de ciudadanos romanos, transportado cinco desde Italia, una desde Sicilia formada por tropas regulares que, habiéndose formado con dos legiones, se llamaba la Gemela; otra en Creta y Macedonia, compuesta por soldados veteranos que, licenciados por sus antiguos generales, se habían establecido en esas provincias; y finalmente dos legiones del Asia, alistadas por Lentulo. Además, contaba con un gran número de reclutas procedentes de Tesalia, Beocia, Acaya y el Epiro, que distribuyó entre las legiones, en las cuales también había incorporado a los soldados que antes habían servido bajo Antonio. Esperaba además dos legiones de Siria con Escipión. Tenía tres mil arqueros de Creta, Lacedemonia, el Ponto, Siria y otros lugares; seis compañías de honderos, dos de ellas de seiscientos hombres; y siete mil jinetes. De estos, seiscientos fueron enviados por Deyotaro de Galacia, quinientos por Ariobarzanes de Capadocia; otro tanto por Coto de Tracia con su hijo Sadal; doscientos por Macedonia al mando de Rascípolis, hombre de probado valor; quinientos de Alejandría, entre galos y germanos, que Aulo Gabinio había dejado al rey Tolomeo como guardia personal y que el hijo de Pompeyo llevó en su armada; ochocientos esclavos y pastores suyos; de Galacia aportaron trescientos hombres entre Tarcundario Cástor y Donilao, uno viniendo en persona y el otro enviando a su hijo; y doscientos más remitidos desde Siria por Antíoco de Comagena, gran aliado de Pompeyo. La mayoría eran arqueros montados, a los que se sumaban los dárdanos y besos, unos pagados, otros reclutados por la fuerza, y otros voluntarios. Todos estos, junto a macedonios, tesalios y otras naciones y ciudades, completaban el número ya mencionado.

Pompeyo tenía asegurada una gran provisión de trigo procedente de Tesalia, Asia, Egipto, Creta, Cirene y otros lugares, con intención de pasar el invierno en Durazo, Apolonia y todas las localidades de esa costa, para impedir el desembarco de César. Esta fue también la razón por la cual había distribuido su flota por todo el litoral. La escuadra egipcia estaba al mando del hijo de Pompeyo; la del Asia, bajo Decio Lelio con Cayo Triado; la de Siria, con Cayo Casio; la de Rodas, con Cayo Marcelo y Cayo Coponio; la de Ilírico y Acaya, con Escribonio Libón y Marco Octavio. Todos estaban subordinados a Marco Bíbulo, que como comandante supremo de la flota, tenía autoridad sobre todas las escuadras.

César, al llegar a Brindis, reunió a los soldados y les propuso que, ya estando cerca del final de sus fatigas y peligros, aceptaran dejar en Italia sus esclavos y equipaje, y embarcarse ligeros para que cupieran más en las naves, confiando todo a la victoria y a su generosidad. Todos respondieron: "Que mandase lo que quisiera, que estaban listos para cualquier orden suya". Así, el 4 de enero zarpó con siete legiones. Al día siguiente, desembarcó. Hallando una ensenada segura entre los peñascos y escollos de los montes Ceraunios, y no confiando en los puertos que sospechaba ocupados por los enemigos, desembarcó sin perder una sola nave en una playa llamada Farsalo.

Lucrecio Vespilón y Municio Rufo, por orden de Decio Lelio, estaban en Orico con dieciocho navíos de la escuadra asiática; Marco Bíbulo, con ciento diez en Corcira. Pero ni aquellos, confiando en sus fuerzas, se atrevieron a salir del puerto, aunque César solo llevaba consigo doce galeras, de las cuales solo cuatro estaban cubiertas; ni Bíbulo, por tener sus naves ancladas y sus marineros en huelga, pudo oponerse a tiempo, ya que César desembarcó antes de que se supiera siquiera de su llegada.

Desembarcadas las tropas, César aquella misma noche ordenó el regreso de las naves para transportar al resto de las legiones y la caballería. La misión fue encomendada al legado Fusio Caleño, con instrucciones de hacer el traslado con la mayor rapidez posible. Sin embargo, por haber demorado demasiado en zarpar y no haber aprovechado la noche, la flota sufrió un mal encuentro en el viaje. Bibulo, que había sido informado en Corfú de la llegada de César y esperaba encontrar aún algunas embarcaciones del convoy, se topó con estas naves que volvían vacías. Capturó hasta treinta de ellas y, descargando su furia por su descuido, las incendió con sus marineros y patrones a bordo, pensando que con tal severidad daría un escarmiento a los demás. Después de esta acción, desplegó sus escuadras desde Salona hasta el puerto de Orico, cubriendo todas las bahías y playas con patrullas, y estableciendo guardias en todos los puntos con el mayor rigor. Él mismo, en pleno invierno, hacía de centinela en su navío, sin escatimar esfuerzos ni evitar tarea alguna con tal de impedir el avance de César, sin esperar más refuerzos.

Después de la partida de los barcos de César, Marco Octavio, con los navíos bajo su mando, cruzó desde Iliria hasta Salona. Allí, al buscar el apoyo de los dálmatas y otros pueblos bárbaros, logró apartar a Isa de la alianza con César, pero no consiguió convencer, ni con promesas ni con amenazas, a los ciudadanos de Salona, por lo que decidió tomar la ciudad por la fuerza. La plaza era fuerte por su ubicación y estaba protegida por una colina. Pero los ciudadanos romanos, alzando varias torres de madera, reforzaron aún más su defensa. No pudiendo resistir por mucho tiempo debido a su escaso número y las numerosas heridas que sufrían, recurrieron a su última opción: concedieron la libertad a todos los esclavos jóvenes y cortaron las trenzas de todas las mujeres para fabricar cuerdas para las ballestas.

Al ver la firmeza de los sitiados, Octavio estableció un cerco, distribuyendo su ejército en cinco campamentos y comenzando al mismo tiempo el asedio y el ataque. Los sitiados estaban decididos a resistir a toda costa, aunque sufrían especialmente la escasez de pan. Para resolverlo, enviaron mensajeros a César pidiendo ayuda; el resto de las dificultades las soportaban como podían. Con el tiempo, notaron que los soldados de Octavio, cansados por el largo asedio, habían relajado su vigilancia. Aprovechando la oportunidad en un mediodía cuando los sitiadores se retiraron a descansar, dejaron en los muros a los niños y mujeres para que pareciera que la guardia habitual seguía en su lugar, mientras ellos, organizados junto con los esclavos recién liberados, atacaron de repente el primer campamento de Octavio. Tras tomarlo, se lanzaron con igual ímpetu sobre el segundo, luego el tercero y el cuarto, hasta finalmente asaltar el quinto y expulsar a los enemigos de todos los campamentos. Después de una gran matanza, obligaron a los supervivientes, incluido el propio Octavio, a huir y refugiarse en las naves. Así terminó el asedio. Con el invierno ya en ciernes, Octavio, desmoralizado por tantas pérdidas y sin esperanza de tomar la ciudad, se dirigió a Durazo en busca de Pompeyo.

Lucio Vibulo Rufo, ingeniero de Pompeyo, había sido capturado dos veces por César y en ambas ocasiones puesto en libertad, primero en Corfinio y luego en España. Por los favores recibidos, César lo consideró la persona más adecuada para mediar en una negociación de paz con Pompeyo, con quien además tenía buena relación. Las propuestas eran las siguientes: que ambos debían abandonar la lucha, deponer las armas y no tentar más a la suerte; que los enormes daños sufridos por ambos bandos debían servir como lección y advertencia para evitar más desgracias similares. Pompeyo había sido expulsado de Italia y había perdido Sicilia, Cerdeña y las dos Españas junto con ciento treinta cohortes de ciudadanos romanos. César, por su parte, había sufrido la muerte de Curión y la total destrucción de su ejército en África, además de la rendición de sus tropas en Corfú. Por tanto, era momento de cesar las hostilidades tanto contra sí mismos como contra la República. Esos mismos reveses demostraban claramente lo impredecible que era la suerte en la guerra. Además, era el momento ideal para negociar la paz, ya que ambos se encontraban en condiciones relativamente igualadas. Si la fortuna se inclinaba más hacia uno de los dos, el que se creyera superior no aceptaría condiciones de paz y el que esperara ganarlo todo tampoco se conformaría con términos intermedios. Dado que hasta ahora no habían podido llegar a un acuerdo, se debía remitir la decisión al Senado y al pueblo en Roma. Mientras tanto, en beneficio de la República y de ellos mismos, ambos debían jurar solemnemente que en un plazo de tres días licenciarían a sus ejércitos y, al quedar desarmados y sin apoyo militar, quedarían sujetos al arbitrio del pueblo y del Senado. Para demostrar su compromiso, César se ofrecía a desmovilizar de inmediato todas sus tropas terrestres y las guarniciones de las plazas que ocupaba.

Vibulo, al recibir estas propuestas de César, antes de transmitirlas a Pompeyo, consideró prioritario informarle del inesperado desembarco de César para que pudiera tomar las medidas necesarias. Así que, viajando día y noche sin detenerse, fue a avisarle de que César estaba ya en su territorio con todas sus fuerzas.

Pompeyo se encontraba entonces en Candavia, viniendo de Macedonia con intención de invernar en Apolonia y Durazo. Pero, alarmado por la noticia, apresuró su marcha hacia Apolonia para evitar que César tomara las ciudades costeras. Mientras tanto, César, el mismo día de su desembarco, se puso en camino hacia Orico. Al llegar, Lucio Torcuato, quien gobernaba la fortaleza en nombre de Pompeyo con una guarnición de los partinos, cerró las puertas y se preparó para la defensa, ordenando a los griegos que tomaran las armas y defendieran la muralla. Pero ellos se negaron a pelear contra el supremo magistrado del Pueblo Romano, y los habitantes, por su cuenta, intentaron abrir las puertas a César. Torcuato, al verse sin apoyo, terminó por rendirse. César lo tomó prisionero, pero no le hizo daño alguno.

Tras tomar Orico, César marchó hacia Apolonia. Cuando el gobernador Lucio Estaberio se enteró de su llegada, comenzó a llenar los depósitos de agua del alcázar, a fortificar la plaza y a exigir rehenes a los ciudadanos. Pero ellos, en cambio, se negaron a entregar rehenes, a cerrar las puertas al cónsul y a oponerse al sentir general de Italia y del Pueblo Romano. Viendo que no podía contar con su apoyo, Estaberio huyó en secreto. Los habitantes enviaron emisarios a César y le abrieron las puertas de la ciudad. Su ejemplo fue seguido por los bulidenses, los amancianos y otras ciudades vecinas, así como por todo el Epiro, cuyos delegados acudieron a César para declarar su obediencia.

Mas Pompeyo, al enterarse del destino de Orico y de Apolonia, temiendo por el de Durazo, se dirige directamente hacia allá, marchando día y noche. Apenas corrió el rumor de que César se acercaba, cuando todo el ejército, como si por la prisa hubieran confundido la noche con el día sin descanso alguno, se llenó de tal terror que casi todos abandonaban las banderas por Epiro y sus alrededores; muchos tiraban las armas, y la marcha parecía más bien una fuga. Finalmente, al detenerse Pompeyo cerca de Durazo y ordenar trazar el campamento, aún espantado el ejército, se presentó Labieno el primero y juró "no abandonarlo jamás, y estar con él en cualquier circunstancia de la fortuna"; lo mismo juraron los demás legados, y tras ellos los tribunos, los centuriones y todo el ejército.

César, al verse adelantado en su marcha hacia Durazo, suspende su avance y establece su campamento a orillas del río Apso, en la frontera de Apolonia, para proteger con destacamentos y fuertes a las ciudades fieles, decidido a esperar allí, inmóvil, a las demás legiones de Italia y pasar el invierno en tiendas de campaña. Otro tanto hizo Pompeyo, que colocó su campamento al otro lado del río, acantonándose con todas sus tropas romanas y auxiliares.

Caleño, entre tanto, de acuerdo con las órdenes de César, reúne todas las naves que había en Brindis y embarca en ellas a todos los soldados y caballos que cabían, y zarpa. Pero, apenas había salido del puerto, recibe una carta de César, en la que le avisa que todos los puertos y costas están en poder de las escuadras enemigas. Al recibir esta noticia, regresa y da contraorden a todo el convoy. Una sola embarcación, que continuó su rumbo sin hacer caso porque iba sin soldados y pertenecía a particulares, fue arrastrada por el viento hasta Orico y capturada por Bibulo, quien degolló a todos sin dejar uno solo, esclavos y libres, incluso niños. Así, en un solo instante, gracias a un gran golpe de suerte, se salvó la vida de todo el ejército.

Bibulo, como ya se mencionó, estaba con su escuadra en Orico; y así como él impedía a César cruzar el mar y acceder a los puertos, así también César le había cortado toda comunicación con tierra firme, pues todas las costas estaban vigiladas por tropas apostadas por César a intervalos, sin permitirles ni salir a buscar leña ni agua, ni amarrar las naves en tierra. La situación era angustiosa y la escasez de todo lo necesario era extrema, al punto que se veían obligados a traer embarcados desde Corcira la leña, el agua y los víveres. Hubo incluso una ocasión en que, debido al mar agitado, se vieron forzados a recoger el rocío que caía sobre las pieles que cubrían los barcos para poder beber. A pesar de ello, soportaban pacientemente estas molestias, sin decidirse por eso a dejar desprotegidas las costas ni los puertos.

Pero hallándose en tan apurada situación, cuando Libón se unió a Bibulo, entablaron conversación con los legados Marco Acilio y Estacio Murco, comandantes respectivamente de la plaza y de los destacamentos en la costa, diciendo que deseaban hablar con César sobre asuntos de gran importancia, si él les daba permiso, y para confirmar su intención, añadieron algunos argumentos, como que deseaban tratar sobre una posible reconciliación. Mientras tanto, pidieron treguas, que les fueron concedidas, pues lo que insinuaban parecía de gran peso, y sabían que César anhelaba esa posibilidad; incluso llegaron a creer que la comisión de Bibulo lograría algún resultado.

César, en ese momento, se había marchado con una legión a tomar posesión de las ciudades del interior y abastecerse de trigo, que ya comenzaba a escasear. Se encontraba en Butrinto, frente a Corcira, cuando, avisado por cartas de Acilio y Murco sobre las intenciones de Libón y Bibulo, deja allí a la legión y vuelve a Orico, llamando de inmediato a conferencia a los dos. Se presenta Libón, "excusando a Bibulo por su temperamento extremadamente colérico, y por el odio personal que tenía contra César desde la época del alarifazgo y la pretura; que por esta razón no había venido a la reunión, temiendo arruinar, con su ira, unos negocios tan esperados y útiles; que Pompeyo tiene y tuvo siempre un gran deseo de arreglar la paz y detener la guerra; pero que ellos no tenían autoridad alguna para ello, ya que la facultad de decidir en este asunto y en todos los demás pertenecía únicamente a Pompeyo en acuerdo con su consejo; sin embargo, una vez enterados de las propuestas de César, se las comunicarían a Pompeyo y harían lo posible por lograr un desenlace ventajoso; entre tanto, continuasen las treguas mientras volvían con la respuesta, y cesaran por ambas partes las hostilidades". Concluyó insinuando algo sobre la justicia de su causa, sus fuerzas y las de sus aliados.

A tales propuestas, ni César quiso responder por el momento, ni había ahora razón suficiente para tratar de eso. Lo que pedía era "que le permitiesen enviar representantes a Pompeyo sin riesgo alguno; que para eso le ofrecieran las garantías necesarias o que ellos mismos los condujesen hasta él. En cuanto a las treguas, las condiciones estaban tan equilibradas que ellos, con su armada, le impedían recibir naves y refuerzos por mar, y él les quitaba el acceso al agua y la comunicación con tierra firme; que si querían que él se las permitiera, también le dejaran el mar libre a él; de lo contrario, no esperasen de su parte ninguna concesión; no obstante, eso no impedía que al mismo tiempo se iniciara un tratado de reconciliación". Ellos no quisieron ni acompañar a los enviados de César ni salir por fiadores, sino que todo lo remitían a Pompeyo, reduciendo sus instancias y súplicas vehementes al asunto de las treguas. César, finalmente, bien convencido de que toda esa conversación solo buscaba aliviar su apuro actual sin ofrecer verdadera esperanza de acuerdo, dedicó toda su atención a continuar la guerra. Bibulo, imposibilitado de desembarcar durante mucho tiempo, afectado por una grave dolencia causada por el frío y el esfuerzo, sin poder ser curado y sin querer ceder su mando, finalmente sucumbió a la enfermedad. Una vez muerto, nadie le sucedió en el mando general de la flota, y cada jefe empezó a disponer de su escuadra por separado, a su antojo.

Vibulio, una vez calmada la conmoción causada por la llegada inesperada de César, empezó a comunicar las demandas de éste, con intervención de Libón, Luceyo y Teofanes, personas con quienes Pompeyo solía tratar los asuntos más importantes. A la primera propuesta, Pompeyo lo interrumpió y le ordenó no continuar, diciendo: "¿Para qué quiero yo la vida y la patria, si todos dirán que se la debo a César? Nadie podrá convencerlos de lo contrario cuando, terminada la guerra de esta manera, vean que por gracia soy restituido a Italia, de donde salí como huyendo". Estas palabras fueron referidas a César por quienes las escucharon; pero ni aun así desistió de buscar la reconciliación por otros medios.

Entre los dos campamentos de Pompeyo y César sólo estaba de por medio el río Apso, y los soldados de ambos bandos conversaban frecuentemente. Durante estos diálogos no se lanzaba ni una flecha, como habían acordado entre ellos. Un día, César envió al legado Publio Vatinio a la misma orilla del río con el encargo de exponer las razones más convenientes para moverlos a la paz, y de gritar: "¿Se les permitirá a unos ciudadanos enviar embajadores a sus conciudadanos, como se permitió a unos forajidos y salteadores de los montes Pirineos? Y más aún, ¿para evitar que ciudadanos derramen la sangre de otros ciudadanos?" Dijo muchas otras cosas conmovedoras, como lo pedía el asunto, y todos lo escuchaban en silencio. Le respondieron desde el otro lado: "que Aulo Varrón prometía presentarse al día siguiente a una conferencia; que de ambos bandos podían intervenir comisionados con toda seguridad para exponer libremente sus razones", y se señaló la hora. Al día siguiente, en efecto, se reunió mucha gente de uno y otro lado, con gran expectación por el resultado y señales de estar inclinados a la paz.

De entre la multitud salió Tito Labieno, quien comenzó con mucha cortesía a hablar sobre la paz y a debatir con Vatinio, cuando de repente una lluvia de flechas interrumpió su conversación. Vatinio logró salvarse, protegido por las armas de los soldados, pero varios resultaron heridos, entre ellos Cornelio Balbo, Marco Plocio, Lucio Tiburcio, todos centuriones, junto con otros soldados. Entonces Labieno gritó: "¡Ya no se hable más de paz! Nosotros, si no se nos entrega la cabeza de César, de ninguna manera queremos la paz".

Por ese mismo tiempo, en Roma, el pretor Marco Celio Rufo, tomando partido por los deudores, al inicio de su mandato colocó su tribunal junto a la silla de Cayo Trebonio, pretor de Roma, y ofrecía su apoyo a cualquiera que apelase contra la tasación de bienes y los pagos fijados por los árbitros conforme a las disposiciones de César. Pero la equidad del edicto, junto con la humanidad de Trebonio, que considerando las circunstancias creía deber moderar la justicia con clemencia y sensatez, hacía que nadie se atreviera a apelar primero. En realidad, el excusarse de pagar por pobreza, alegar la miseria propia o la de los tiempos, y mencionar las dificultades para vender sus bienes, es propio de corazones débiles; pero, reconociendo sus deudas, pretender conservar intacta su hacienda, ¿no es una gran desvergüenza y deshonra? Por eso, no se encontraba quien pretendiera tal cosa. Lo curioso es que Celio actuó peor con los mismos cuyos intereses decía defender; pues, habiendo comenzado de esta manera, para no ser acusado de haber promovido una causa perdida, propuso una ley que ordenaba pagar las deudas sin intereses en un plazo de seis meses.

Al oponerse a esta ley el cónsul Servilio y los demás magistrados, y viendo que tenía menos poder del que pensaba, con el fin de ganarse al pueblo, anuló la primera ley y propuso otras dos: una que eximía a los inquilinos del pago de alquileres anuales por sus viviendas; otra que reducía las deudas recientemente contraídas. Luego, atacando a Cayo Trebonio con una turba de descontentos, después de herir a varios, lo derribó del tribunal. El cónsul Servilio se quejó ante el Senado por este atentado, y el Senado, por sentencia, destituyó a Celio de sus cargos. En virtud de dicha sentencia, el cónsul le prohibió la entrada al Senado, y cuando Celio intentó dirigirse al pueblo, lo hizo bajar del tribunal. Entonces, avergonzado y apesadumbrado, fingió públicamente que se marchaba a ver a César, pero en secreto envió emisarios a Milón, quien estaba desterrado por el asesinato de Clodio, invitándolo a volver a Italia, con la esperanza de servirse de los que aún le quedaban de sus antiguos espectáculos populares. Se unió con él y lo envió por delante a reclutar pastores en Turia. Celio, al llegar a Casilino, cuando sus banderas y armas fueron capturadas en Capua, y sus criados vistos en Nápoles con indicios también de intentar sobornar a aquel pueblo, fue descubierto y rechazado de Capua. Temiendo una desgracia, ya que los vecinos se habían armado y lo habían declarado enemigo, desistió de su intento y cambió de rumbo.

Milón, entretanto, difundía por cartas que todo lo que hacía era por orden y mandato de Pompeyo, como se lo había comunicado Bibulo, y buscaba reclutar a quienes creyera endeudados. Pero, al no lograr nada con ellos, soltó a los presos de algunas cárceles y se lanzó con ellos sobre Cosa, localidad de Turia, desde cuyas almenas, herido por una piedra lanzada por el pretor Quinto Pedio, perdió la vida. Celio, que según él iba a entrevistarse con César, llegó a Turia, donde intentó sobornar a algunos vecinos y ofreció dinero a ciertos caballeros galos y españoles enviados por César para reforzar aquella plaza. Ellos lo mataron. Así, estos inicios de grandes trastornos, que por la usurpación de los magistrados y las circunstancias del tiempo mantenían sobresaltada a Italia, tuvieron un desenlace breve y fácil.

Libón, saliendo de Orico con su escuadra de cincuenta naves, llegó a Brindis y se apoderó de la islita situada frente al puerto, pareciéndole más importante custodiar aquel paso, por donde forzosamente habrían de salir los nuestros, que controlar todas las costas y puertos. Algunos transportes que encontró allí a su llegada los quemó, y capturó uno cargado de trigo, lo que causó gran alarma entre los nuestros. Además, desembarcando de noche tropas armadas y arqueros, desalojó a un destacamento de caballería que estaba de guardia, y cobró tal confianza por la ventaja de aquel sitio, que escribió de inmediato a Pompeyo para decirle que podía, si quería, retirar las demás naves y carenarlas, porque sólo él con su escuadra bastaba para impedir los refuerzos de César.

A la sazón se encontraba Antonio en Brindis, quien, confiado en el valor de su tropa, cubrió unas sesenta chalupas de los navíos grandes con zarzos y tablas; y metiendo en ellas a sus mejores soldados, las distribuyó por la playa en varios puntos separados, ordenando avanzar hasta la salida del puerto a dos galeras que había hecho construir en Brindis, como si fuera para ejercitar y entrenar a los remeros. Viéndolas Libón avanzar con demasiada audacia, esperando poder interceptarlas, envió contra ellas cinco galeras de cuatro órdenes de remos, que corrieron a darles caza; nuestros soldados veteranos se replegaron al puerto, seguidos por los enemigos con más ímpetu que precaución. Las chalupas de Antonio, ya listas, al darse la señal, se lanzaron por todas partes contra el enemigo y, en el primer encuentro, apresaron una con sus marineros y tropa, obligando a las demás a retirarse vergonzosamente. Después de este revés, los destacamentos de Antonio apostados en la costa no les permitieron hacer aguada, por lo que Libón, obligado por la necesidad y cubierto de deshonra, levantó anclas y abandonó el bloqueo que había intentado.

Mientras tanto, los meses pasaban, al igual que el invierno, y las naves y legiones no terminaban de llegar de Brindis a César; aunque, según él, se habían desaprovechado varias oportunidades de navegar, pues muchas veces soplaron vientos favorables que debieron haberse aprovechado. Porque cuanto más avanzaba el tiempo, más vigilaban los jefes de las escuadras las costas, con mayores esperanzas de impedir el desembarco; además, Pompeyo les escribía constantemente con cartas muy severas, diciéndoles que, ya que habían dejado pasar a César con sus primeras tropas, impidieran el transporte de las últimas; y confiaban en que cada día crecería la dificultad de la navegación por el debilitamiento de los vientos. Por estos motivos, César escribió muy molesto a los suyos en Brindis, ordenándoles que al primer viento favorable se hicieran a la mar y se dirigieran a Orico o a las costas de Apolonia, donde podrían fondear, ya que aquella playa estaba libre, porque los enemigos no se atrevían a alejarse mucho de los puertos.

Llenos ellos de valor y decisión, animados mucho por los propios soldados, que no rehusaban ningún peligro por amor a César, zarparon bajo el mando de Marco Antonio y Fusio Caleño, aprovechando un viento del sur, y al día siguiente pasaron frente a Apolonia y Durazo. Apenas fueron avistados desde tierra firme, Quinto Coponio, que comandaba la escuadra de Rodas en Durazo, salió del puerto tras ellos, y ya los alcanzaba, pues el viento comenzaba a calmar, cuando de pronto el viento arreció y salvó a los nuestros. Pero no por eso desistió de la persecución, sino que, a fuerza de remos y tesón de los marineros, esperaba superar el contratiempo; ni siquiera el ver que los nuestros dejaban atrás a Durazo fue suficiente para que cesara su persecución. Nuestros soldados, aunque favorecidos por la fortuna, todavía no se sentían seguros respecto a la escuadra, en caso de que cambiara el viento. Al llegar a un puerto llamado Ninfeo, a tres millas de Liso, entraron allí las naves. El puerto estaba resguardado del viento del oeste y expuesto al del sur; pero temieron más a la escuadra enemiga que a la tormenta. Sin embargo, apenas entraron al puerto, con increíble fortuna, el viento del sur que había soplado durante dos días se convirtió en viento del oeste.

Entonces se pudo observar un cambio repentino en la fortuna. Los que poco antes temían naufragar, se encontraban en un puerto segurísimo, y los que amenazaban nuestras naves, ahora temían por las suyas. En resumen, al cambiar los vientos, el mismo temporal que favoreció a los nuestros, deshizo las naves de los rodios, de modo que todas —y eran dieciséis con toldo— naufragaron; y del gran número de marineros y soldados que llevaban a bordo, unos perecieron estrellados contra las rocas, otros fueron capturados por los nuestros, a quienes César dejó en libertad y envió a sus casas.

Dos embarcaciones rezagadas de las nuestras, al caer la noche, sin saber dónde habían fondeado las demás, quedaron ancladas frente a Liso. El gobernador Otacilio Craso, enviando muchas barcas y falúas contra ellas, intentaba capturarlas, al tiempo que proponía condiciones para su rendición, ofreciendo seguridad a quienes se entregaran. Una de las dos llevaba a bordo doscientos veinte soldados de una legión de reclutas; la otra, menos de doscientos veteranos. Allí se pudo ver cuánto vale una resolución valiente. Pues los nuevos, asustados por la multitud de embarcaciones enemigas y mareados, se rindieron a Otacilio bajo juramento de que no se les haría daño; pero éste, una vez que los tuvo ante sí, sin respetar el juramento, los hizo matar cruelmente a su vista.

En cambio, los soldados de la legión veterana, aunque también afectados por el mareo y los olores nauseabundos de la sentina, demostraron su antiguo valor aún en esa circunstancia; y así, bajo el pretexto de acordar condiciones de entrega, entretuvieron al enemigo durante las primeras horas de la noche, persuadieron al piloto para que los llevase a tierra, y una vez allí tomaron una posición ventajosa donde pasaron el resto de la noche. Y como al amanecer Otacilio enviara contra ellos cuatrocientos jinetes que vigilaban aquella costa, junto con otros soldados del destacamento, se defendieron valientemente, mataron a algunos enemigos y se reunieron sanos y salvos con los nuestros.

Al ver tal hazaña, el cuerpo de ciudadanos romanos a cuya jurisdicción pertenecía Liso —por concesión de César, quien la había convertido también en plaza fuerte— se puso en manos de Antonio, proveyéndole de todo lo necesario. Otacilio, dándose por perdido, huyó de la ciudad y se refugió con Pompeyo. Antonio, desembarcadas todas sus tropas, que consistían en tres legiones de veteranos, una de reclutas y ochocientos jinetes, envió de regreso a Italia la mayor parte de las naves para transportar al resto del ejército, dejando en Liso unos barcos llamados pontones, de los que se usan en la Galia, con la intención de que, si por ventura Pompeyo pasaba con su ejército a Italia, como se rumoreaba suponiéndola indefensa, César tuviera algunas embarcaciones para perseguirlo; al instante le envió aviso del lugar del desembarco y del número de soldados que llevaba consigo.

Esta noticia la recibieron casi al mismo tiempo César y Pompeyo. Ambos vieron pasar las naves frente a Apolonia y Durazo, y ambos las siguieron por tierra; pero desconocían durante los primeros días dónde habían desembarcado. Una vez enterados, tomaron decisiones opuestas: César decidió unirse cuanto antes con Antonio; Pompeyo, interceptarlos en el camino y, si podía, sorprenderlos con una emboscada. Así, ambos movilizaron sus ejércitos desde sus campamentos en el río Apso: Pompeyo en secreto y durante la noche; César abiertamente y de día. Pero César tenía que recorrer más camino, pues debía rodear el río bastante arriba para poder vadearlo; Pompeyo, sin ningún obstáculo, marchó derecho y a grandes jornadas en busca de Antonio, y al saber que ya estaba cerca, se detuvo en un lugar ventajoso, donde acomodó sus tropas y les prohibió encender fuego para no ser descubiertos. Pero los griegos avisaron de inmediato a Antonio, quien, informando a César, hizo una pausa de un día en su marcha y al siguiente alcanzó a Antonio. Pompeyo, para no verse atrapado entre dos ejércitos, abandonó su posición y marchó con todas sus tropas a una villa de los alrededores de Durazo llamada Asparagio, donde estableció su campamento en un sitio ventajoso.

En esa temporada, Escipión, por ciertos encuentros ocurridos junto al monte Amano, se había autoproclamado Emperador de los Romanos. Con ese título impuso grandes contribuciones a las ciudades, cobró a los recaudadores de impuestos de su provincia las rentas atrasadas de los dos años anteriores, pidió prestadas las del año siguiente, y ordenó a toda la provincia que le proporcionara caballería. Con tales medidas, sin considerar que dejaba enemigos a sus espaldas en la frontera con los partos —quienes acababan de matar al general Marco Craso y habían tenido sitiado a Marco Bíbulo—, arrancó de Siria las legiones y la caballería; y entrando en Asia cuando el temor y la confusión por la guerra de los partos eran indecibles, a pesar de las quejas de los soldados, que decían estar dispuestos a marchar contra un enemigo, pero no contra un ciudadano, y ese siendo cónsul, para acallarlos, condujo las legiones a Pérgamo y, acuartelándolas en las ciudades más ricas, las dejó saquearlas después de haberles otorgado generosos donativos.

Al mismo tiempo se cobraban con el mayor rigor en toda la provincia las contribuciones, y cada día se inventaban nuevos impuestos de toda clase para saciar la codicia. Se incluían en la capitación tanto las posesiones de los esclavos como de los hombres libres. Había impuestos sobre columnas, puertas, trigo, soldados, galeotes, armas, pertrechos, carruajes... todo se gravaba. Bastaba que algo tuviera nombre para ser objeto de exacción. Se nombraban gobernadores no sólo en cada ciudad, sino en cada villa, y casi en todas las aldeas. De estos gobernadores, quien se portaba con más aspereza y crueldad era considerado el hombre más íntegro y mejor ciudadano.

La provincia estaba llena de alguaciles y corregidores, comisionados y recaudadores, quienes, no satisfechos con los tributos, comerciaban también con sus cargos, alegando como excusa que, al estar lejos de sus casas y patria, carecían de todo, y con ese pretexto justificaban su vileza. A las contribuciones generales correspondían también usuras exorbitantes, como suele ocurrir en tiempos de guerra, estando retenida toda la moneda; en tales circunstancias, decían que la prórroga del plazo era una especie de donación. Así se multiplicaron en ese bienio las deudas de la provincia, pero ni por eso cesaban de exigir nuevas sumas, no sólo a los ciudadanos romanos de esa provincia, sino también a todos los gremios y ciudades, afirmando que las pedían prestadas en nombre del Senado, como ya lo habían hecho en Siria, recibiendo de los recaudadores la paga del año siguiente por adelantado como préstamo.

Después de esto, Escipión mandó robar los tesoros del templo de Diana y las estatuas de la diosa. Al entrar en el templo acompañado de varios senadores convocados para este propósito, recibió una carta de Pompeyo con la noticia de que César había cruzado el mar con sus legiones, y que debía darse prisa para marchar con el ejército, dejando cualquier otro asunto. Leída la carta, despidió a los senadores, preparó el viaje a Macedonia, y pocos días después se puso en marcha. Este incidente salvó los tesoros del templo.

César, ya unido al ejército de Antonio, sacando de Orico la legión allí alojada para proteger la costa, pensaba probar suerte en las provincias vecinas y avanzar más en sus conquistas. Y encontrándose con embajadores de Tesalia y Etolia que prometían la obediencia de aquellos pueblos si les enviaba tropas para su defensa, despachó a Tesalia a Lucio Casio Longino con la legión de reclutas, llamada vigésima séptima, y doscientos jinetes; a Etolia envió a Calvisio Sabino con cinco cohortes y algunos jinetes. Les encargó especialmente, dada la cercanía de las provincias, que lo abastecieran de granos. Asimismo, ordenó a Cneo Domicio Calvino marchar a Macedonia con dos legiones, la undécima y la duodécima, y quinientos jinetes, porque Menedemo, el personaje más importante de la parte que llaman libre, enviado por los suyos, testificaba la gran adhesión de todo el país a César.

Calvisio entró con tan buen pie, que fue recibido con enorme alegría por todos los etolios, y tras expulsar a los destacamentos enemigos de Calidonia y Lepanto, se adueñó de toda la Etolia. Casio llegó con su legión a Tesalia, donde, por estar la provincia dividida en dos bandos, las ciudades tenían opiniones encontradas. Egesareto, anciano poderoso, apoyaba el partido de Pompeyo. Petreyo, un joven muy noble, con sus fuerzas y las de los suyos, estaba firmemente comprometido con César.

Al mismo tiempo, Domicio llegó a Macedonia, y cuando ya las ciudades empezaban a declararse a su favor mediante frecuentes embajadas, se difundió el rumor de que Escipión se encontraba en el país al frente de sus legiones, causando gran conmoción su llegada, como suele suceder con las noticias que la fama exagera. Éste, sin detenerse en ningún lugar de Macedonia, marchó rápidamente contra Domicio; y estando ya a sólo veinte millas de distancia, cambió de rumbo repentinamente hacia Tesalia en dirección a Casio Longino, con tanta celeridad, que al mismo tiempo se supo de su partida y de su llegada; pues para caminar con más rapidez, dejó su equipaje en las riberas del río Aliacmón, que separa Macedonia de Tesalia, al cuidado de Marco Favonio con ocho cohortes de escolta y la orden de construir allí un fuerte.

Por otro lado, la caballería del rey Coto, que solía hacer incursiones por Tesalia, se dirigió velozmente al campamento de Casio, quien, asustado por la noticia de la llegada de Escipión y al ver aquella caballería —que creyó enemiga— se refugió en las montañas que rodean Tesalia, y desde allí tomó el camino de Ambracia. Mientras Escipión lo perseguía a toda prisa, lo alcanzó un correo de Marco Favonio, que le avisaba cómo tenía encima a Domicio con sus legiones y que no podría sostener el puesto que le había sido encomendado si no recibía ayuda. Con este aviso, Escipión cambió de plan y de dirección; dejó de perseguir a Casio y corrió a socorrer a Favonio. Así, sin interrumpir las marchas ni de día ni de noche, llegó a tiempo, de manera que al levantarse la polvareda del ejército de Domicio, ya se veían aparecer los primeros exploradores de Escipión. Así, Casio salvó la vida gracias a la estrategia de Domicio, y Favonio gracias a la rapidez de Escipión.

Escipión, deteniéndose dos días en las tiendas situadas junto al río Aliacmón, que separaba su campamento del de Domicio, al amanecer del tercer día pasó su ejército por el vado y, una vez asentado el campamento, al día siguiente por la mañana colocó sus tropas en orden de batalla. Domicio, por su parte, hizo lo mismo; y como entre ambos ejércitos había un terreno de seis millas, avanzó con sus tropas hasta el campamento de Escipión, el cual se mantuvo firme sin salir de su posición. A pesar de la impaciencia de los soldados de Domicio, finalmente no se dio la batalla. El motivo principal fue que un torrente, con orillas escarpadas, impedía el avance de los nuestros; y Escipión, enterado del entusiasmo de sus adversarios y temiendo verse obligado a pelear al día siguiente en contra de su voluntad o quedar encerrado en su estacada con gran deshonra, como quien había llegado con tanta expectativa y terminaba en una mala posición por una marcha imprudente, cruzó el río de noche, sin dar señales de retirada, y regresó al lugar de donde había salido, asentando allí su campamento en una elevación junto al río. Al cabo de algunos días, una noche preparó una emboscada en el lugar donde nuestros soldados solían ir a forrajear. Y no bien había llegado Quinto Varo, capitán de caballería, a realizar su ejercicio diario, cuando fue atacado por la caballería enemiga oculta en la emboscada.

Pero los nuestros resistieron con valentía el primer golpe y rápidamente se organizaron; y unidos todos, cargaron con fuerza contra los enemigos, mataron a ochenta de ellos, ahuyentaron al resto, y con la pérdida de solo dos hombres regresaron sanos y salvos a su campamento.

Después de esto, Domicio, con la esperanza de atraer a Escipión a una batalla, fingió que levantaba el campamento forzado por la falta de víveres; y marchando como de costumbre, andadas tres millas, acampó con todo su ejército en un lugar ventajoso y escondido. Escipión, dispuesto a seguirle, envió por delante a la caballería y a un buen número de tropas ligeras para rastrear y reconocer el camino tomado por

Domicio. Cuando estos iban explorando los caminos, al aproximarse los primeros a la emboscada, por el relincho de los caballos, sospechando lo que podría ser, comenzaron a retroceder; y al ver esto los que venían detrás, notando la retirada precipitada, se detuvieron. Los nuestros, al verse descubiertos, para no perder del todo la oportunidad, capturaron dos escuadrones que se les pusieron al alcance, junto con Marco Opinio, comandante de la caballería. Los soldados de dichos escuadrones fueron muertos o entregados como prisioneros a Domicio.

César, cuando retiró los destacamentos de la costa, como ya se ha dicho, dejó en Orico tres cohortes de guarnición, encargándoles la custodia de las galeras traídas de Italia, y puso al frente al legado Acilio. Éste aseguró las naves en la parte interior del puerto, detrás de la plaza, y las amarró a tierra, bloqueando la boca del puerto con un transporte hundido y asegurado con otro segundo; sobre este segundo levantó una gran torre frente a la entrada misma del puerto, y la guarneció con soldados que velaran por su defensa ante cualquier ataque repentino.

En cuanto lo supo el hijo de Cneo Pompeyo, vino a Orico y, con maromas, sacó a remolque el transporte hundido; y combatiendo el otro, fortificado por Acilio a modo de bastión, con muchas barcas equipadas con torres en equilibrio, venció a los nuestros gracias a su persistencia y al continuo ataque, peleando desde una posición más alta, renovando sin cesar sus soldados, escalando por tierra los muros de la ciudad y atacándolos también desde el mar para distraer las fuerzas del enemigo. Así, derribados los defensores (que huyeron todos lanzándose a las lanchas), se apoderó también de aquella nave y al mismo tiempo de una lengua de tierra que, por el otro lado, formaba una especie de península frente a la plaza. Con cuatro barcas montadas sobre rodillos y empujadas con palancas hacia el interior del puerto, arrimándose por ambos lados a las galeras amarradas a tierra y sin tripulación, se llevó cuatro de ellas y quemó las demás. Concluida esta operación, mandó llamar a Decio Lelio, de la escuadra de Asia, para impedir que llegaran suministros a la plaza por el lado de Bulida y Amanda. Éste, al llegar a Liso, atacó treinta urcas que Antonio había dejado en el puerto, y las incendió todas. Pero al intentar conquistar toda la ciudad, por la resistencia de los ciudadanos romanos encargados de su defensa y de la guarnición de soldados enviados por César, después de tres días de asedio y con algunas pérdidas, se retiró sin lograr su objetivo.

Después que César supo que Pompeyo estaba en Asparagio, marchó con su ejército hacia ese lugar, y conquistando de camino una villa fortificada de los partinos, en la cual Pompeyo había dejado una guarnición, al tercer día llegó a los campamentos de Pompeyo en Macedonia, se instaló junto a él, y al día siguiente, formando en orden todas sus tropas, le presentó batalla. Viendo que no se movía, retiró su ejército a su campamento, y quiso entonces intentar otra táctica: al día siguiente, tomando un gran rodeo por un sendero áspero y estrecho, se dirigió hacia Durazo, esperando atraerlo a esta ciudad o cortarle el paso, ya que Pompeyo tenía allí almacenados todos sus víveres y pertrechos de guerra. Y así ocurrió, porque Pompeyo, al no comprender al principio el propósito de César, creyó que se retiraba por falta de provisiones, al verlo marchar en otra dirección; pero luego, advertido por sus espías, levantó el campamento al día siguiente, confiado en atajarlo por otro camino más corto. César, al prever esto, y animando a sus soldados a soportar con paciencia el cansancio, sin tomar descanso salvo un breve rato durante la noche, llegó por la mañana a Durazo justo cuando a lo lejos se divisaba la vanguardia de Pompeyo, y allí estableció su campamento.

Excluido Pompeyo de Durazo, ya que no logró su primer objetivo, recurrió a otro plan: fortificó su campamento en un cerro llamado la Roca, donde hay una ensenada de fondo suficiente para fondear naves al abrigo de ciertos vientos. Allí mandó llevar parte de las galeras y almacenar pan y otros víveres traídos del Asia y de todas las regiones bajo su control. César, viendo que la guerra se prolongaría y desconfiando de recibir provisiones de Italia —por estar todas las costas muy vigiladas por los pompeyanos y no aparecer las escuadras construidas ese invierno en Sicilia, la Galia e Italia—, envió al legado Lucio Canuleyo a Epiro para obtener grano, y por la distancia de aquel país, organizó almacenes en diversos lugares, encargando el transporte a las comunidades vecinas. También ordenó buscar todo el trigo que se encontrase en Liso, entre los partinos y en todas las poblaciones cercanas. Sin embargo, esto era muy poco, tanto por la naturaleza del terreno, áspero y montañoso, donde en general el trigo se trae de fuera, como porque Pompeyo, previendo esto, había saqueado a los partinos días antes, vaciando sus casas, abriendo los silos y llevándose en las bestias todo el grano que hallaba.

En estas circunstancias, César comenzó a tomar medidas de acuerdo con la naturaleza del terreno. El campamento de Pompeyo estaba rodeado de cerros altos y escarpados. En ellos colocó primero guarniciones y los fortificó con baluartes. Luego, en cuanto lo permitía el terreno, uniendo baluarte con baluarte mediante líneas defensivas, comenzó a cercar a Pompeyo con varios objetivos: primero, poder transportar víveres desde todas partes con menos peligro, dada la escasez que sufría y la ventaja que Pompeyo tenía con su caballería; segundo, impedirle las salidas en busca de forraje, lo que inutilizaría su caballería; tercero, disminuir el prestigio de Pompeyo —que era su principal fuerza ante las naciones extranjeras— cuando se supiera que César lo tenía bloqueado y que él no se atrevía a presentar batalla.

El hecho es que Pompeyo no quería alejarse ni del mar ni de Durazo, porque allí tenía concentrado todo su material de guerra, tanto ofensivo como defensivo, además de las máquinas de asedio; y por mar le llegaban los víveres para su ejército. Tampoco podía impedir los trabajos de César sin presentar batalla, cosa que por entonces no le convenía. Le quedaba sólo un recurso: siguiendo la táctica final de la guerra, apoderarse de cuantos más cerros pudiera y ocupar la mayor extensión del terreno posible con puestos avanzados, dividiendo así, en la medida de lo posible, las fuerzas de César. Y así lo hizo, construyendo veinticuatro fortines que abarcaban un perímetro de quince millas. Dentro de este espacio encontraba pastos, y aún había muchos sembradíos donde podían alimentarse sus bestias. Y así como los nuestros habían reforzado sus líneas con trincheras de baluarte a baluarte, temiendo un ataque por la retaguardia de los pompeyanos, del mismo modo, éstos fortificaban su interior con barreras continuas para evitar que los nuestros entraran por algún flanco y los tomaran por sorpresa. Es cierto que los pompeyanos avanzaban más rápido en sus obras, porque tenían más hombres y menos terreno que fortificar, al estar más al centro.

Cuando César quería ocupar algún puesto, aunque Pompeyo estaba decidido a no combatir en campo abierto bajo ningún concepto, de inmediato destacaba contra él soldados con arcos y hondas, de los que disponía en abundancia; muchos de los nuestros resultaban heridos, y habían desarrollado gran temor a las saetas, hasta el punto que casi todos se confeccionaban túnicas acolchadas, ya fuera de fieltro, cuerda o cuero, para protegerse de los proyectiles.

Era grande la porfía de ambos para ocupar los puestos: César, empeñado en estrechar todo lo posible a Pompeyo; Pompeyo, en ocupar cuantos más cerros podía, y sobre esto eran continuos los choques. En cierta ocasión, teniendo ya la legión novena de César tomado un puesto y empezando a fortificarlo, Pompeyo se apostó en el cerro vecino que quedaba al frente y comenzó a estorbar el trabajo de los nuestros; y como de un lado el paso era casi llano, cercándolos primero por todas partes con gente armada con hondas y arcos, y colocando delante un grueso cuerpo de tropa ligera, y montadas las máquinas de guerra, impedía la continuación de las trincheras. Era difícil que los nuestros a un tiempo pudieran defenderse y trabajar. César, viendo que a los suyos los herían por todas partes, determinó retirarse y abandonar aquel puesto. La retirada era cuesta abajo, lo que hacía que la carga de los enemigos fuera más violenta, sin dejar volver atrás a los nuestros, creyendo que abandonaban el sitio por miedo. Se dice que Pompeyo dijo entonces, vanagloriándose con los suyos:

"Que me tengan por un capitán inexperto, si las legiones de César, sin sufrir un daño gravísimo, logran retirarse del lugar a donde tan temerariamente se han adelantado".

César, temiendo el desorden de la retirada, mandó formar a las laderas del cerro una barrera adelantada de zarzos colocados en sentido contrario al enemigo, y que los soldados, con este resguardo, abrieran un foso de ancho suficiente, llenándolo todo de ramas y maleza. Él, entre tanto, en los lugares adecuados, colocó varios honderos para cubrir la retirada de los suyos, y con estas medidas ordenó que se retiraran. Los pompeyanos, por eso mismo, con mayor arrogancia y valor, empezaron a molestar y hostigar a los nuestros, y echaron abajo los zarzos que servían de parapeto para saltar las fosas. Al advertirlo César, para que no pareciera una retirada forzada y el daño fuera mayor, mandó tocar alarma y contraatacar de golpe al enemigo, justo en medio de la cuesta, exhortando a los suyos por medio de Antonio, comandante de la legión. Los soldados de la legión novena, cerrando en un instante las filas, arrojaron sus lanzas y, corriendo furiosamente cuesta arriba, obligaron a los pompeyanos a huir precipitadamente, estorbados en su fuga por los setos medio caídos, las puntas de las estacas y las zanjas abiertas. Los nuestros, que solo pretendían retirarse sin daño, muertos muchos enemigos y perdiendo únicamente cinco hombres, se fueron retirando con gran tranquilidad, y un poco más acá de aquel sitio, tomaron otros recuestos y perfeccionaron su atrincheramiento.

Este era un modo de guerrear extraño y nunca antes visto, tanto por el número de baluartes, como por el espacio que había que bloquear, tan extenso y bien fortificado, por la manera de dirigir el sitio y por las demás circunstancias. En todo cerco, los sitiadores suelen atacar enemigos ya intimidados y debilitados o vencidos en batalla, o turbados por algún revés, hallándose ellos mismos con superioridad en número de tropas de infantería y caballería; y el fin del cerco suele ser cortar el suministro de víveres al enemigo. Aquí, por el contrario, César, con un número mucho menor de soldados, tenía cercadas tropas numerosas, intactas, y con abundantes recursos; además, cada día recibían grandes convoyes de barcos cargados de provisiones de todas partes; no había viento que no trajera alguna embarcación por un lado u otro. Pero César, habiendo consumido todos los granos del contorno, se encontraba en extrema necesidad; sin embargo, los soldados lo soportaban todo con admirable paciencia, acordándose de cómo el año anterior, después de semejantes apuros en España, con trabajo y resistencia terminaron felizmente una guerra peligrosísima; lo mismo que después de la gran escasez sufrida en Alesia y otra aún mayor en Avarico, salieron vencedores de todas las naciones más poderosas. No despreciaban la cebada ni las legumbres que les daban; la carne del ganado, que traían del Epiro en abundancia, la consideraban un gran manjar.

También encontraron allí los soldados que habían servido con Valerio cierta raíz que se llama cara, la cual, mezclada con leche, les servía de mucho sustento. La amasaban como pan; era muy abundante, y como los soldados pompeyanos se burlaran de los nuestros echándoles en cara el hambre que sufrían, ellos les arrojaban tortas hechas de esta raíz para desengañarlos.

Ya en ese tiempo las mieses empezaban a madurar, y la misma esperanza les aliviaba el hambre, confiando en que pronto estarían hartos; por lo cual repetían a menudo en los cuerpos de guardia y en las conversaciones:

"Primero comeremos cortezas de árboles antes que soltar a Pompeyo".

Y continuamente oían de los desertores que sus caballos apenas se sostenían en pie; que las otras bestias habían perecido; que ellos mismos sufrían diversas enfermedades por la estrechez del sitio, el hedor de muchos cadáveres y las fatigas cotidianas, a las que no estaban acostumbrados; sobre todo padecían gran escasez de agua, porque todos los ríos y arroyuelos que iban al mar los desviaba César con acequias o los bloqueaba con grandes presas. Como aquellos lugares eran montañosos, y los valles estrechos en la salida de las grutas donde nacen las fuentes, estas estaban cerradas con empalizadas y tapadas con tierra para estancar el agua. Por tanto, se veían obligados a buscar lugares bajos y pantanosos para cavar pozos, añadiendo este trabajo a sus tareas ordinarias; incluso estos manantiales quedaban lejos de algunos puestos, y por los grandes calores se secaban rápidamente. Mientras tanto, el ejército de César gozaba de buena salud, tenía gran cantidad de agua y abundaba en todo tipo de víveres, excepto trigo, cuya escasez esperaban pronto superar con la maduración de las mieses.

En este nuevo tipo de guerra se usaban artes igualmente nuevas por ambas partes. Los contrarios, advirtiendo por las hogueras dónde hacían los nuestros guardia nocturna en las trincheras, se acercaban en silencio y descargaban de golpe todas sus flechas, y luego corrían de vuelta a su campamento. Los nuestros, escarmentados por la experiencia, evitaban el daño haciendo las fogatas en un lugar y las guardias en otro.

Mientras tanto, Publio Sila, comandante del campamento en ausencia de César, avisado de lo que ocurría, acudió con dos legiones al auxilio de la cohorte, y al encontrar a los pompeyanos, estos fueron rechazados de inmediato; ni siquiera tuvieron ánimo para resistir el primer encuentro y carga de los nuestros, y, derribados los primeros, los demás dieron la espalda y cedieron el campo. Pero cuando los nuestros quisieron seguir la persecución, Sila los detuvo. Muchos opinan que si los hubiera querido perseguir y atacar con ese mismo ímpetu, ese habría sido el último día de la guerra. A mí no me parece reprochable, porque no es lo mismo ser lugarteniente que general en jefe. El lugarteniente debe atenerse a las órdenes recibidas; el general puede decidir libremente lo que más convenga en cada situación. Sila, encargado por César de la custodia del campamento, se dio por satisfecho con salvar a los suyos, sin querer arriesgar una batalla que siempre es incierta, ni parecer que se atribuía facultades de general.

Los pompeyanos tuvieron grandes dificultades para retirarse, pues al avanzar desde ese mal sitio, treparon hasta colocarse en la misma cima. Desde allí, si bajaban por la cuesta, temían que los nuestros los atacaran desde arriba, y ya era tarde; pues con el deseo de alcanzar su objetivo, se habían enredado en la acción hasta la caída de la noche. Así que Pompeyo, tomando el partido que la necesidad y el tiempo le sugerían, se refugió en un sitio distante poco más de un tiro de dardo de nuestro fuerte. Allí se acampó y fortificó, alojando en él a todas sus tropas.

Se combatía al mismo tiempo en otros dos lugares fuera de ese, porque Pompeyo asaltó varios baluartes a la vez con la intención de distraer nuestras fuerzas y evitar el auxilio mutuo entre los presidios vecinos. En un sitio, Volcacio Tulo resistió el ataque de una legión con solo tres cohortes y la rechazó; en otro, los germanos, saliendo fuera de nuestras trincheras, mataron a muchos enemigos y regresaron sin sufrir ningún daño.

César, considerando que no era tiempo éste de usar de rigor y teniendo presentes sus servicios, disimuló por entonces, contentándose con reprenderlos a solas de que hiciesen granjería de sus cargos; y dioles a entender que se fiasen de su benevolencia y esperasen nuevas mercedes, haciendo concepto de las que podían prometerse por las que tenían recibidas. Sin embargo, esta querella los hizo sumamente odiosos y despreciables a los ojos de todos, y bien lo echaban ellos de ver no menos por los vituperios de los otros que por el testimonio de su propia conciencia. No pudiendo sufrir tanto sonrojo, y quizá temiendo no quedar absueltos del todo, sino que se dilataba para otra ocasión su sentencia, acordaron renunciar a nuestra amistad y aventurarse a buscar otras nuevas; y comunicando su mal intento con algunos de sus paniaguados, a quienes no tuvieron recelo en franquearse, primeramente tentaron asesinar, como se supo después, a Cayo Voluseno, comandante de la caballería, por no presentarse a Pompeyo con las manos vacías. Mas viendo la dificultad de poder ejecutarlo, tomando prestada gran cantidad de dinero, so color de restituir lo mal ganado, comprados muchos caballos, se pasaron con sus cómplices a Pompeyo.

Pompeyo, informado de su ilustre nacimiento y educación noble, que venían con tanto acompañamiento de hombres y de caballos, y conocidos además por su valor y por la privanza de César, haciendo gala y pompa del caso, los fue mostrando por todas las líneas como en triunfo, cebando la curiosidad de los soldados con la novedad de este espectáculo nunca visto; pues hasta entonces ningún soldado ni caballero había desertado de César a Pompeyo, con ser que cada día venían desertores de Pompeyo a César, y en Epiro y en Etolia, y en todas las regiones ocupadas por César, a cada paso tomaban su partido los soldados alistados por Pompeyo. Mas los tornilleros, como testigos que eran de vista, descubrieron a Pompeyo el estado de nuestras cosas: cuáles fortificaciones estaban imperfectas; cuáles menos bien pertrechadas a juicio de los inteligentes; sin omitir las circunstancias del tiempo, las distancias de los puestos, la poca o mucha vigilancia de los cuerpos de guardia, según eran el genio y habilidad de los comandantes.

Adquiridas estas noticias, Pompeyo, que ya tenía resuelta la salida como se ha dicho, da orden a los soldados de cubrir con cimeras de mimbres los yelmos y cargar fagina. Dispuestas estas cosas, embarca de noche en esquifes y barcos un buen número de tropa ligera y de los flecheros; y destacadas veinte cohortes del alojamiento principal, las conduce a medianoche hacia la banda de nuestras trincheras que remataban en el mar y era la más distante del cuartel general de César. Endereza también allí las barcas sobredichas, llenas de municiones y soldados ligeros a una con los transportes de que se había servido en Durazo, ordenando lo que debe hacer cada cual. César tenía en este atrincheramiento apostado al comisario de guerra Lentulo Marcelino con la legión nona, y porque andaba enfermo, le había dado por ayudante a Fulvio Póstumo.

Había en este paraje un foso de quince pies con un basión contrapuesto al enemigo de diez pies de alto, y el terraplén tenía otros tantos de ancho. A seiscientos pies de este vallado estaba otro opuesto a la parte contraria con terraplén un poco más abajo; porque César, días antes, temiendo no bloqueasen por mar a los nuestros, había tirado allí estos dos valladares a trueque de poder resistir en caso de ser acometido por frente y las espaldas. Pero la grandeza de las obras y el continuado trabajo de tantos días, por haber abarcado con la línea el ámbito de dieciocho millas, no dieron lugar de acabarlo. Así que aun estaba imperfecta la trinchera de travesía contra el mar, que debía unir las dos trincheras, lo que sabía muy bien Pompeyo por relación de los desertores alóbroges y paró notable perjuicio a los nuestros. Pues apenas las cohortes de la legión nona habían montado la guardia por la parte del mar, cuando al improviso muy de mañana se dejaron ver los pompeyanos. Cogiólos de sobresalto su arribo; a un tiempo los que venían en barcas arrojaban saetas contra la trinchera exterior, cegando los fosos de fagina; los legionarios escalando el interior con todo género de baterías y tiros, arredraban a los nuestros, y por los costados se veían anegados de la muchedumbre de flecheros. Con los casquetes de mimbres sobrepuestos a los morriones recibían poco daño de los golpes de las piedras, únicas armas nuestras. En este conflicto, yendo ya de vencida los nuestros, descubrióse la parte flaca de nuestro atrincheramiento, de que arriba se hizo mención, y desembarcando entre los dos vallados en el sitio que aun estaba por fortificar, arremetieron por detrás a los nuestros y derribándolos de una y otra barrera, los forzaron a volver las espaldas.

Entendido el desorden, Marcelino destacó algunas cohortes para socorrer a los nuestros, que iban de rota batida; mas viéndolos huir de los reales despavoridos, ni los pudieron detener ni resistir tampoco ellos mismos al ataque de los enemigos. De esta suerte cuantos venían de refresco, desconcertados con el temor de los fugitivos, aumentaron el terror y el peligro, pues con el tropel de tanta gente se hacía más embarazosa la retirada. En esta refriega hallándose herido de muerte el alférez mayor, en el último aliento mirando a los suyos: «Esta insignia, dice, yo la he guardado fielmente muchos años en vida, y ahora que muero, la restituyo con la misma lealtad a César. Por vida vuestra que no permitáis se cometa la mayor mengua militar que jamás ha sucedido en el ejército de César, antes restituídsela salva.» De esta manera se salvó el águila, muertos todos los centuriones de la primera cohorte, menos el principal.

Ya los pompeyanos, después de una gran matanza de los nuestros, se iban acercando a las tiendas de Marcelino con no pequeño espanto de las demás cohortes, cuando Marco Antonio, alojado en el cuartel de los presidios más cercanos, sabido el caso, se veía bajar de lo alto con doce cohortes. Lo mismo fue llegar él, que reprimir su ardor los contrarios y empezar a cobrar espíritu los nuestros, volviendo en sí del susto. Poco después César, viendo el humo de los baluartes, seña en que habían convenido de antemano, con algunas cohortes destacadas de los presidios acudió allá también. Y advertido del daño, y juntamente que Pompeyo desamparando las trincheras ponía sus alojamientos a las orillas del mar, para lograr el paso libre así para el forraje como para la navegación; mudando de idea, ya que no salió bien la primera, mandó abrir sus trincheras junto a las de Pompeyo.

Concluida la obra, observaron las atalayas de César que ciertas cohortes, que al parecer componían una legión, estaban detrás del bosque y de camino para los reales primeros. El sitio de los tales reales era éste : los días antes la nona legión apostada contra las tropas de Pompeyo, y fortificándose según lo dicho, pasa allí sus estancias; éstas venían a terminar en un bosque, y no distaban del mar más de cuatrocientos pasos. Después, mudando de idea por ciertos motivos, César los trasladó un poco más allá de aquel paraje, el cual, pasados algunos días, vino a ocuparle Pompeyo; y por cuanto aguardaban otras legiones, dejando dentro en pie este vallado, lo coronó por fuera con una cerca mucho más espaciosa, de suerte que los reales menores, engastados en los mayores, formaban una especie de fortaleza. Asimismo desde la esquina izquierda del bastión tiró una trinchera de cuatrocientos pasos hasta el río, a propósito de tener a mano y segura el agua. Verdad es que Pompeyo, por razones que no es menester referirlas, mudando de idea, abandonó aquel puesto. Así quedaron por muchos días vacíos aquellos reales. Con todo, las fortificaciones estaban en pie.

Entrada aquí la legión con su bandera, dieron el aviso las atalayas a César. Eso mismo aseguraban haber visto de algunos baluartes más altos. Este sitio distaba media milla de los reales de Pompeyo. César, con la esperanza de sorprender esta legión, y el deseo de resarcir las pérdidas de aquel día, dejó en sus trincheras dos cohortes en ademán de continuar los trabajos, y él en persona, por un sendero, extraviado, con el mayor disimulo posible, divididas en dos columnas las otras treinta y tres cohortes entre los cuales iba la nona legión muy menoscabada por la muerte de tantos oficiales y soldados, movió hacia los reales menores al rastro de la legión de Pompeyo. Y no le salió fallida su esperanza, pues llegó primero que pudiese barruntarlo Pompeyo, y en medio de ser tan grandes las fortificaciones, dando prontamente el asalto con el ala izquierda, donde él se hallaba, barrió la trinchera. Estaban delante las puertas atravesados unos caballos de frisa; aquí fue preciso forcejear algún tanto porfiando los nuestros por romper y ellos oponiéndose a viva fuerza, defendiendo el puesto valerosísimamente Tito Pulción, el mismo que fue autor de la traición cometida contra el ejército de Cayo Antonio. Pero al fin los nuestros pudieron más; y hecho añicos el erizo, primero forzaron las trincheras y después la fortificación del centro, y porque la legión batida se había refugiado allí, mataron algunos que hacían resistencia.

Mas la fortuna, que tiene muchísima mano en todo y más en la guerra, por motivos pequeños suele causar grandes revoluciones, como aquí se vio. Las cohortes del ala derecha de César, buscando la puerta, fueron siguiendo la línea de la trinchera, que se dijo arriba remataba en el río, persuadidos a que fuese la cerca de los reales. Cuando echaron de ver que terminaba en el río y nadie la guardaba, al instante la asaltaron y tras ella toda nuestra caballería.

Después de largo rato que andaban en esto, Pompeyo avisado del hecho, destacó la quinta legión en ayuda de los suyos; y al mismo tiempo su caballería venía arrimándose a la nuestra, y los nuestros, que se habían apoderado de los reales, divisaban su infantería puesta en orden, con que al momento se trocaron las suertes. La legión de Pompeyo, animada con la esperanza de pronto socorro, se hacía fuerte en la puerta principal y aun revolvían con osadía contra los nuestros. Como la caballería de César iba entrando en las trincheras por un paraje angosto, mal segura de la retirada, tentaba la huida. El ala derecha, viéndose tan separada de la izquierda, observando el miedo de los caballos, para no ser oprimida, trataba de retirarse por donde acababa de introducirse; y los más de ellos, por librarse de las apreturas, se precipitaban del vallado que tenía diez pies de alto, y atropellando a los primeros por encima de sus cuerpos buscaban escape y salida. Los soldados de la izquierda, mirando por una parte la presencia de Pompeyo, y por otra la fuga de los suyos, temiendo no quedar acorralados con el enemigo por fuera y por dentro, solicitaban escapar por donde habían venido. Todo era confusión, terror y fuga; tal, que asiendo César con su mano los estandartes de los que huían y mandándoles parar, unos, apeándose de los caballos, proseguían su carrera, otros soltaban de miedo sus banderas, y ni uno siquiera se detenía.

En tan grande cúmulo de desgracias, el que no perecieran todos se debió a que la fortuna quiso que Pompeyo, receloso de una emboscada, estuviese algún tiempo sin atreverse a acercarse a las trincheras. Y es que, a mi parecer, todo esto lo tomaba por sorpresa, pues poco antes había visto huir de su campamento a los suyos, y su caballería, como el tropel de los nuestros tenía cegadas las puertas y desfiladeros, no podía abrirse paso para perseguirlos. Tan grandes fueron los males y bienes que resultaron de causas tan pequeñas; pues, habiendo estado los nuestros dueños del campamento enemigo, la trinchera trazada desde allí hasta el río privó a César de una victoria segura y total, pero eso mismo salvó la vida a sus soldados al haber retardado el avance de los enemigos en la persecución.

En las dos batallas de aquel día, César perdió novecientos sesenta soldados rasos y varios nobles caballeros romanos: Tuticano Galo, hijo de un senador; Cayo Felginate, de Plasencia; Aulo Granio, de Puzol; Marco Sacrativiro, de Capua; y treinta y dos entre tribunos y centuriones. Es cierto que una gran parte de ellos murió sin combatir, atropellados en los fosos, en las estacadas y en las orillas del río, a causa del pánico y el caos provocado por los suyos. Se perdieron además treinta y dos banderas. Pompeyo, por esta batalla, fue aclamado Emperador de los romanos. Aunque aceptó el título y permitió que se le llamase así, nunca adornó sus cartas ni sus armas con laurel. Labieno, habiéndole pedido que dejase a su disposición los prisioneros, los hizo salir ante todo el ejército, y con el fin —sin duda— de acreditar su fidelidad tras su traición, burlándose de ellos, los llamaba "camaradas" y les preguntaba con sarcasmo:

"¿Es costumbre de soldados veteranos huir?"

Y los hizo degollar en presencia de todos.

Con estos sucesos, los pompeyanos se llenaron de tal orgullo y presunción, que ya no pensaban en continuar la guerra, sino que la daban por terminada con esa, según ellos, victoria completa. No reflexionaban que la causa de la derrota fue el escaso número de los nuestros, la dificultad del terreno, el haberse encontrado atrapados en las trincheras con los enemigos tanto por dentro como por fuera, y el estar dividido el ejército en dos partes que no podían apoyarse mutuamente. Tampoco consideraban que no hubo aquí combate firme ni choque cuerpo a cuerpo, y que los nuestros se causaron más daño a sí mismos por el desorden y la prisa que por el enemigo. Finalmente, no tenían en cuenta las contingencias propias de la guerra: cuántas veces, por motivos ligeros, o por un falso rumor, un miedo repentino o un simple malentendido, se han producido enormes perjuicios; cuántos desastres han sucedido por imprudencia del general o por descuido del subalterno. Aun así, como si hubiesen vencido por valor, y como si la fortuna fuese invariable, celebraban la victoria de aquel día y enviaban correos con la noticia por todo el mundo.

Viendo César frustrados sus primeros propósitos, juzgó necesario cambiar por completo de estrategia. En consecuencia, retiró inmediatamente todas las guarniciones, abandonó el sitio y, reuniendo todo el ejército en un solo punto, dirigió una arenga a sus soldados, exhortándolos "a no dejarse vencer por el desánimo ni por el temor ante aquel revés, sino a contraponer tantas hazañas gloriosas a una sola desgracia, y esta no muy considerable, gracias a la fortuna, que les había entregado toda Italia sin derramar una sola gota de sangre; que habían pacificado las dos Españas, defendidas por pueblos belicosos y comandantes hábiles y experimentados; que se habían hecho dueños de provincias vecinas, ricas y fértiles. Y que aún estaba fresca la memoria de la fortuna con la que, a pesar de que los puertos estaban cerrados y las costas vigiladas, habían llegado todos a salvo. Si sucede algún revés, hay que compensar la falta de fortuna con habilidad. Lo que acababa de ocurrir era más culpa del azar que suya, pues él había elegido un lugar seguro para combatir, había logrado forzar las trincheras, desalojar a los enemigos y vencerlos en la refriega; pero ya fuese por el desorden, por algún engaño, o simplemente por la fortuna, la victoria ganada se les escapó de las manos. Por eso, todos debían esforzarse en reparar los daños con mayor valor. Que convirtieran el mal en bien, como lo hicieron en Gergovia, y que aquellos que antes rehusaron pelear, fuesen ahora voluntariamente a presentar batalla al enemigo".

Concluida su arenga, César degradó a algunos portaestandartes y los destituyó. Por lo demás, el ejército quedó tan dolido por aquella humillación y tan deseoso de borrar la mancha, que no necesitaban ser animados por tribunos o centuriones; cada uno, como si expiara su culpa, se imponía los trabajos más duros, y todos ardían por combatir. Tanto, que algunos oficiales de alto rango proponían no moverse de allí sin antes arriesgarse a una batalla. César, en cambio, no se fiaba aún de unos soldados que no habían recuperado del todo su confianza, y consideraba necesario darles tiempo para recobrar su espíritu. Además, fuera de las trincheras, le preocupaba la provisión del ejército. Así que, sin perder tiempo —salvo lo justo para atender a los heridos y enfermos—, al anochecer envió en silencio todos los carros hacia Apolonia, con orden de no detenerse hasta completar la jornada, escoltados por una legión.

Despachado esto, se quedó con dos legiones en el campamento; a las demás les ordenó partir en distintas direcciones a la cuarta vigilia, tomando la misma ruta. Luego, esperando un breve rato —para guardar la disciplina militar y ocultar su salida el mayor tiempo posible— mandó tocar la marcha, y saliendo él mismo al instante, alcanzó la retaguardia y desapareció del campamento.

Conocida su decisión, no fue menor la diligencia de Pompeyo por seguirlo. Con la intención de atraparlos en pleno movimiento y tomar al ejército desprevenido, levantó su campamento y envió por delante a la caballería para hostigar la retaguardia, aunque no logró alcanzarla, pues César, marchando por buen camino, se había adelantado bastante. Sin embargo, al llegar al río Génuso, difícil de vadear, la caballería pompeyana alcanzó a los últimos y entabló algunas escaramuzas. Contra ella, César envió su propia caballería con un escuadrón de cuatrocientos jinetes de élite, que pelean delante de las banderas. Estos arremetieron con tal bravura contra los contrarios, que mataron a muchos, dispersaron al resto y regresaron sin daño a la marcha.

César, completada toda la jornada de aquel día tal como lo había planeado y cruzado el río Génuso, se alojó en su antiguo campamento frente a Asparagio, metiendo todas sus tropas dentro de las trincheras. Envió a la caballería en busca de forraje, y ordenó que regresaran rápidamente por la puerta Decumana. Del mismo modo, Pompeyo, después de terminar también su jornada, acampó en el campo contiguo junto a Asparagio. Sus soldados, sin otra tarea por hacer ya que las fortificaciones estaban intactas, salían a buscar leña y forraje a grandes distancias; y, habiendo dejado las armas guardadas en sus alojamientos, se acercaban al campamento enemigo para recuperar sus mochilas y utensilios, muchos de los cuales habían dejado atrás por lo precipitado de la marcha. César, al prever que esto impedía a los pompeyanos seguirlo rápidamente, al filo del mediodía dio la señal de marcha, sacó a su ejército y, duplicando la jornada con el tiempo restante del día, caminó ocho millas; algo que Pompeyo no pudo hacer debido a la dispersión de sus soldados.

Al día siguiente, César, habiendo enviado su equipaje por delante al caer la noche, partió a la cuarta vigilia para estar preparado ante cualquier imprevisto, en caso de tener que combatir en plena marcha. Lo mismo hizo los días siguientes; gracias a esta previsión no sufrió ningún contratiempo, a pesar de tener que cruzar ríos profundos y caminos difíciles. Pompeyo, por su parte, por la demora del primer día, aunque trató de alargar las jornadas para alcanzarlos, finalmente al cuarto día abandonó la persecución y decidió tomar otro rumbo.

César necesitaba dirigirse a Apolonia para dejar allí a los heridos, pagar a la tropa, consolidar el apoyo de quienes se habían declarado a su favor y dejar guarniciones en las ciudades. Pero en todas estas gestiones empleó solo el tiempo mínimo que permitía la rapidez de su marcha, porque su preocupación era que Pompeyo sorprendiera a Domicio, y no descansaría hasta reunirse con él. Su estrategia era la siguiente: si Pompeyo tomaba el mismo camino, alejado del mar y de los almacenes de víveres de Durazo, estaría obligado a presentar batalla, y en igualdad de condiciones; si cruzaba hacia Italia, César, ya unido a Domicio, marcharía por Iliria para defenderla; si intentaba apoderarse de Apolonia y Orico para cortarle la comunicación marítima, César se dirigiría al sitio donde estaba Escipión, forzando así a Pompeyo a acudir en su auxilio. Con estos planes, César envió correos a Cneo Domicio comunicándole sus intenciones. Dejó en Apolonia cuatro cohortes de guarnición, una en Liso, tres en Orico, y al cuidado de los heridos, y prosiguió su marcha por Epiro y Acarnania. Pompeyo, por su parte, intentando adivinar el plan de César, procuraba adelantarse para socorrer a Escipión en caso de que César fuese allá; y si César no quería apartarse de la costa ni de Corcira, por estar esperando refuerzos de infantería, entonces pensaba atacar con todas sus fuerzas a Domicio.

Ambos marchaban con igual decisión y rapidez, intentando proteger a los suyos y sorprender a los enemigos. Pero el desvío de César hacia

Apolonia lo apartó del camino directo. Pompeyo, por la calzada de Candavia, avanzaba en línea recta hacia Macedonia.

Entonces ocurrió un hecho imprevisto: Domicio, que hasta entonces había estado frente a frente con Escipión, tuvo que retirarse hacia Heraclea Síntrica —ciudad situada al pie de la cordillera de Candavia— debido a la falta de pan; de modo que parecía que la fortuna misma lo entregaba en manos de Pompeyo. César desconocía todo esto, mientras las cartas de Pompeyo, esparcidas por todas las provincias y ciudades, exageraban su victoria en Durazo con más arrogancia de la que la verdad permitía. No circulaba otra noticia sino que "César iba derrotado y huyendo, con casi todo su ejército perdido". Por esto, no encontraba seguridad en los caminos, y algunas ciudades se habían rebelado. Por las mismas razones, varios correos enviados por César a Domicio y por Domicio a César, incluso tomando diferentes rutas, nunca lograban llegar a destino. Pero los alóbroges que habían sido seguidores de Roscilo y de Ego —los que se pasaron a Pompeyo— al encontrarse en el camino con los exploradores de Domicio, ya fuera por la familiaridad nacida en las guerras de la Galia o por vanagloria, les contaron en detalle todo lo sucedido, asegurándoles la partida de César y la llegada de Pompeyo. Gracias a esta información, Domicio, ganando apenas cuatro horas de ventaja por una providencial coincidencia con sus enemigos, logró evitar el peligro, y junto a Eginio, localidad situada en la frontera de Tesalia, se reunió finalmente con César.

Unidos ya ambos ejércitos, César llegó a Gonfos, la primera ciudad de Tesalia viniendo desde Epiro. Esta ciudad, pocos meses antes, había enviado por su cuenta embajadores a César, ofreciéndole todos sus recursos y solicitando una guarnición. Pero ahora, influida por los rumores cada vez más exagerados de la batalla de Durazo, y temiendo la supuesta derrota de César, su líder Androstenes, gobernador de Tesalia, prefirió unirse al bando que creía vencedor. Así, metió en la ciudad a todos los esclavos y campesinos de los alrededores, cerró las puertas y envió mensajes de auxilio a Escipión y a Pompeyo, diciendo que si acudían con rapidez, confiaba en poder defender la plaza, ya que era fuerte, pero que por sí solo no podía sostener un largo asedio.

Escipión, al enterarse de que ambos ejércitos se habían retirado de Durazo, había llevado sus legiones a Larisa. Pompeyo aún se hallaba lejos de Tesalia. César, tras fortificar su campamento, dio orden de preparar zarzos, escalas y máquinas para el asalto. Y, alentando a sus soldados, les explicó "cuán importante era conquistar esa ciudad rica y abastecida, tanto para su propio sustento como para castigar la traición, dando ejemplo a las demás ciudades, y que la ejecución debía ser inmediata, antes de que llegara socorro".

Aprovechando el entusiasmo y disposición de sus tropas, César emprendió el asalto el mismo día de su llegada, a las nueve de la mañana. La ciudad, bien defendida por muros altísimos, fue tomada antes de la puesta del sol y entregada al saqueo. Sin detenerse, César marchó desde allí hacia Metrópoli, llegando antes de que se supiera en esa ciudad la caída de Gonfos.

Los habitantes de Metrópoli, al principio, con la misma resolución que los de otras ciudades y animados por los mismos rumores, cerraron las puertas y se armaron sobre los muros. Pero luego, al ser informados de la desgracia de Gonfos por medio de los prisioneros que César, intencionalmente, hizo mostrar ante los muros, abrieron las puertas. Y como fueron tratados con toda humanidad, al comparar la dicha de los metropolitas con la desventura de los gonfeses, no hubo ciudad en Tesalia que no abriese sus puertas y se rindiera a César, excepto Larisa, que estaba ocupada por los grandes ejércitos de Escipión. César, encontrando un terreno amplio, rodeado de campos cubiertos de mieses ya casi maduras, decidió allí esperar a Pompeyo y establecer el teatro de la guerra.

Pocos días después, Pompeyo llegó a Tesalia y, arengando en presencia de todo el ejército, agradeció a los suyos, e invitó a los soldados de Escipión a tomar parte en los despojos y premios de la victoria ya asegurada. Luego, al alojar todas las legiones en un solo campamento, igualó a Escipión en dignidad, mandando que se le rindieran los mismos honores y que se levantara un pabellón imperial semejante al suyo.

Con las tropas de Pompeyo reforzadas y reunidos dos grandes ejércitos, todos coincidían en la certeza del triunfo, y aún alimentaban mayores esperanzas. Tan convencidos estaban, que cualquier demora les parecía un simple obstáculo para regresar a Italia. Si Pompeyo procedía con más cautela y reflexión, decían que la guerra sería cosa de un solo día, pero que él prefería mandar y tratar como subordinados a los principales señores romanos. Incluso se discutía abiertamente entre ellos sobre las recompensas, los cargos sacerdotales, y se repartían anticipadamente los consulados por años. Algunos ya reclamaban las casas y haciendas de los partidarios de César. En el consejo, hubo incluso una acalorada disputa sobre si sería justo proponer en la primera junta para elección de pretores a Lucio Hirro, ausente, y enviado por Pompeyo a los partos. Sus parientes exigían a Pompeyo que cumpliera con la promesa hecha al despedirse, para que no pareciera que había abusado de su influencia; los contrarios alegaban que, siendo igual el esfuerzo y el peligro, no debía privilegiarse a Hirro en las recompensas.

Hasta sobre el supremo sacerdocio de César hubo tantas disputas diarias entre Domicio, Escipión y Lentulo Espinter, que llegaron a insultarse. Lentulo alegaba su edad avanzada como mérito; Domicio presumía del apoyo popular, y Escipión, lleno de orgullo, del parentesco con Pompeyo. También Accio Rufo acusó a Lucio Afranio ante Pompeyo de haber perdido su ejército por traición en la guerra de España. Y Lucio Domicio llegó a proponer en el consejo que, una vez acabada la guerra, se dieran tres tarjetas a los jueces encargados de juzgar a los senadores que no los habían acompañado: una tarjeta para absolver, otra para condena capital, y la tercera para imponer multas. En suma, todos estaban ocupados en buscar honores, riquezas o venganzas personales. No pensaban en cómo vencer, sino en cómo disfrutar del triunfo.

César, entre tanto, una vez aseguradas las provisiones y fortalecido el ánimo de sus soldados —cuyos bríos, a su juicio, demostraban estar ya recuperados tras los reveses de Durazo—, quiso tantear cuáles eran las intenciones de Pompeyo respecto a la batalla. Para ello, sacó a su ejército al campo y lo formó en orden de batalla, primero sin salir del recinto y más adelante, poco a poco, hasta acercarse con su vanguardia a las colinas frente al campamento pompeyano. Con eso, cada día aumentaba el valor de sus tropas. Además, empleaba siempre la misma táctica con su caballería: aunque muy inferior en número, seleccionaba de las primeras filas a los soldados más jóvenes y ágiles, y les ordenaba entrenarse a pie junto a los caballos, practicando movimientos de combate. Este ejercicio diario tuvo tan buen resultado, que sus mil jinetes resistían sin temor a los siete mil de Pompeyo incluso en campo abierto; y en una escaramuza reciente, los derrotaron y mataron, entre otros, a uno de los alóbroges que se había pasado al enemigo.

Pompeyo, alojado en lo alto, solía formar sus tropas al pie del monte, como si quisiera ver si César caía en alguna trampa. César, convencido de que Pompeyo no se atrevería a dar batalla por ningún medio, pensó que lo mejor sería levantar el campamento y mantenerse en constante movimiento. Así, podría encontrar mejores oportunidades para aprovisionarse, y quizás, con el continuo cambio de lugares, se le presentaría alguna ocasión de combatir, o al menos lograría fatigar al ejército de Pompeyo, poco acostumbrado a tanto esfuerzo. Con este propósito, dio la señal de marcha y mandó levantar el campamento. Entonces se observó que las tropas de Pompeyo, cosa poco habitual en él, se habían alejado de sus trincheras lo suficiente como para permitir una batalla en terreno aceptable. Entonces César, al salir ya su vanguardia de las puertas del campamento, dijo:

"Aquí debemos detener la marcha y prepararnos para el combate que tanto hemos deseado. ¡Ánimo! Tal vez no volvamos a encontrar otra oportunidad como esta".

Y al instante ordenó sacar las tropas, llevando solo sus armas, sin impedimentos ni bagaje.

Igualmente, Pompeyo —según se supo después— estaba decidido a combatir, instado por todos los suyos. Incluso había llegado a decir días antes, en un consejo pleno:

"Antes de que se dispare una sola flecha, el ejército de César será derrotado".

Algunos se sorprendieron de tal afirmación, pero él respondió:

"Ya sé que lo que digo parece increíble, pero escuchen en qué me baso para estar tan seguro: tengo convencidos a nuestros jinetes —y ellos me lo han prometido— de que, cuando estemos cerca, flanqueen el ala derecha enemiga y la ataquen por el costado descubierto, de forma que, rodeándolos por la retaguardia, el ejército de César quede atónito y deshecho antes de que podamos siquiera disparar una flecha. Así, sin arriesgar nuestras legiones ni derramar sangre, pondremos fin a la guerra. Y eso no es difícil, teniendo tan poderosa caballería".

También les advirtió "que en ese momento debían estar muy atentos, y que ya que tenían la victoria en sus manos, no defraudaran las esperanzas de todos".

Cógele la palabra Labieno deprimiendo las tropas de César, y alabando sumamente la conducta de Pompeyo con decir: «No creas, Pompeyo, ser éste aquel ejército conquistador de la Galia y de la Germania. Yo me hallé presente a todas las batallas. No afirmo cosa que no la tenga bien averiguada. Una mínima parte de aquel ejército es ésta; la mayor pereció, ni pudo ser otra cosa con tantas batallas. Muchos consumió la peste en Italia, muchos se fueron a sus casas, muchos se quedaron en el continente. ¿Por ventura, no habéis oído que de solos los que quedaron enfermos en Brindis se han formado muchas cohortes? Estos que aquí veis son reclutas de las levas de estos años hechas en la Galia Cisalpina, y los más se componen de riberanos de la otra parte del

Po. Por lo demás, el nervio del ejército quedó deshecho en las batallas de Durazo.

»Dicho esto, juró de no volver al campo a menos de salir vencedor, induciendo a todos a hacer lo mismo. Otro tanto juró Pompeyo alabando el pensamiento, y no hubo entre tantos quien dudase hacer igual juramento. Hecho esto de común consentimiento, salieron todos del consejo llenos de esperanza y alegría. Y ya se anticipaba la victoria, no pudiendo creer que de ese modo se afirmase una cosa de tanta monta y por un tan experimentado caudillo sin grande certidumbre.

César, al acercarse a los reales de Pompeyo, reparó que su ejército estaba ordenado en esta forma: en el ala izquierda se veían las dos legiones cedidas por César de orden del Senado al principio de las desavenencias; la una se llamaba primera, tercera la otra. Este puesto ocupaba Pompeyo mismo; Escipión el cuerpo de batalla con las legiones de Siria; la legión de Cilicia juntamente con las cohortes españolas transportadas por Afranio, formaban el ala derecha. Éstas consideraba Pompeyo ser sus mejores tropas; las demás estaban repartidas entre el centro y las alas, y todas completaban ciento diez cohortes y el número de cuarenta y cinco mil combatientes. Dos mil eran los voluntarios veteranos, que por los beneficios recibidos de él en otras campañas vinieron a ésta llamados y los había entreverado en todas las filas. Siete cohortes tenía puestas de guarnición en las tiendas y en los presidios vecinos. El ala derecha estaba defendida por las márgenes escarpadas de un arroyo , por lo cual cubrió la izquierda con la tropa de a caballo, y de flecheros y honderos.

César, siguiendo su antiguo plan, colocó en el costado derecho a la legión décima y en el izquierdo a la nona, bien que muy disminuida por las rotas de Durazo, y de propósito unió a ella la octava, casi haciendo de las dos una, para que recíprocamente se sostuviesen; las cohortes que tenía en el campo de batalla eran ochenta, y treinta y dos mil soldados. En los reales dejó dos cohortes de guardia. Antonio mandaba la izquierda, Publio Sila la derecha, Cneo Domicio el centro; él se puso frente por frente de Pompeyo. Mas echando entonces de ver el flanco indicado, temiendo no fuese atropellada el ala derecha de la multitud de caballos, entresacó prontamente de cada legión de la tercera línea una cohorte , y con ellas formó el cuarto escuadrón, oponiéndolo a la caballería enemiga, declarándole el fin que en esto llevaba y que en su valor estaba librada la victoria de aquel día. Mandó al mismo tiempo al tercer escuadrón y a todo el ejército que ninguno acometiese sin su orden; que a su tiempo él daría la señal tremolando un estandarte.

En seguida después, exhortando al ejército al estilo militar, y ponderando sus buenos oficios para con él en todos tiempos, ante todas cosas protestó, «como podía poner por testigos a todos los presentes del empeño con que había solicitado la paz; de las proposiciones hechas por Vatinio en presencia de los dos ejércitos; de la comisión dada a Clodio para tratar de ajuste con Escipión; los medios de que se valió en Orico con Libón sobre enviar embajadores de paz que jamás quiso que por él se derramase sangre, ni privar a la República de uno de los ejércitos». Concluido el razonamiento, a instancias de los soldados, que ardían en vivos deseos de combate, dio con la bocina la señal de acometer.

Servía de voluntario en el ejército de César, Crastino, comandante de la primera centuria que había sido el año anterior en la legión décima, hombre de singular esfuerzo. Éste, oída la señal: «seguidme, dice, antiguos camaradas míos, y prestad a vuestro general el servicio que le habéis jurado. Ésta es la última batalla; la cual ganada, él recobrará su honor y nosotros nuestra libertad». Y vueltos los ojos a César: «hoy es, dijo, señor, el día en que a mí, vivo o muerto, me habrás de dar las gracias». Diciendo y haciendo, arremetió el primero por el ala derecha, y tras él ciento veinte soldados escogidos de los voluntarios de su misma centuria.

Entre los dos campos mediaba el espacio suficiente para atacarse los dos ejércitos. Pero Pompeyo había prevenido a los suyos que aguantasen la primera descarga de César, ni se moviesen punto de sus puestos, dejando que los enemigos se desordenasen. Esto decían haber hecho a persuasión de Cayo Triario con el fin de quebrantar el primer ímpetu del ataque enemigo y darles lugar a que se desbandasen, y entonces unidos echarse sobre ellos en viéndolos sin formación; que recibirían menos daño de los tiros de los enemigos estando quietos, que saliendo al encuentro, y con la esperanza también de que los soldados de César, teniendo que doblar la carrera, quedarían sin aliento y sin fuerzas del cansancio. Lo cual a mí me parece haberse hecho contra toda razón; pues que naturaleza infundió al hombre ciertos espíritus y bríos, que con el ardor del combate llegan a inflamarse, y que un buen capitán, lejos de apagarlos, más debe fomentarlos; y no sin razón establecieron los antiguos que, al comenzar la batalla, resonasen por todas partes los instrumentos bélicos y todos a una levantasen el grito, sabiendo que así los enemigos se aterraban y hacían coraje los suyos.

Los nuestros, dada la señal, avanzando con las lanzas en ristre y advirtiendo que no se movían los pompeyanos, como prácticos y enseñados de otras batallas, por sí mismos pararon en medio de la carrera, porque al fin no les faltasen las fuerzas, y tomando aliento por un breve rato, echaron otra vez a correr, arrojaron sus lanzas, y luego conforme a la orden de César pusieron mano a las espadas. No dejaron de corresponderles los pompeyanos, sino que recibieron intrépidamente la carga, sostuvieron el ímpetu de las legiones sin deshacer las filas, y disparados sus dardos, vinieron a las dagas.

A este tiempo, del ala izquierda de Pompeyo, como estaba prevenida, desfiló a carrera abierta toda la caballería y se derramó toda la cuadrilla de ballesteros, a cuya furia no pudo resistir nuestra caballería, sino que comenzó a perder tierra y los caballos pompeyanos a picarla más bravamente, abriéndose en columnas y cogiendo en medio a los nuestros por el flanco. Lo cual visto, César hizo seña al cuarto escuadrón, formado de intento para este caso de seis cohortes. Ellos avanzaron al punto, y a banderas desplegadas cargaron con ímpetu tan violento a los caballos pompeyanos, que ni uno hizo frente, antes todos espantados, no sólo abandonaron el campo, sino que huyeron a todo correr a los montes más altos. Con su fuga toda la gente de honda y arco, quedando descubierta e inutilizadas sus armas, fue pasada a cuchillo. Las cohortes sin parar, dando un giro, embistieron por la espalda al ala izquierda de los pompeyanos, que todavía peleaban y se defendía con buen orden, y los acorralaron.

Al punto César mandó avanzar el tercer escuadrón, que hasta entonces había estado en inacción y sin moverse del sitio. Con que viniendo éstos de refresco por el frente, y cargándoles los otros por la espalda, ya no pudieron resistir los pompeyanos, y así todos echaron a huir. No en vano César había predicho en su exhortación a los soldados que las dichas cohortes, que formaban el cuarto escuadrón contrapuesto a la caballería de Pompeyo, habían de comenzar la victoria. Ellas fueron las que la desbarataron; ellas hicieron aquella carnicería de los flecheros y honderos; ellas por la banda siniestra rodearon el ejército de Pompeyo y lo pusieron en huida.

Mas Pompeyo, vista la derrota de la caballería, y de aquel cuerpo en quien más confiaba, desesperado de la victoria, se retiró del campo huyendo a uña de caballo a los reales, y a los centuriones que estaban de guardia en la puerta principal, en voz clara, que los soldados la oyeron: «Defended, dice, los reales, y defendedlos bien, si sucediere algún trance; yo voy a dar orden de asegurar las otras puertas, y otras providencias para la defensa de los reales. » Dicho esto, se metió dentro de su pabellón con temor de perderlo todo, pero aguardando no obstante el paradero.

Viendo a los pompeyanos refugiados a las trincheras, juzgando que no se les debía dejar respirar un punto ahora que se hallaban despavoridos, alentó a los soldados a no malograr la ocasión de apoderarse de los reales. Ellos, aunque ya rendidos y abrasados del sol, pues la función había durado hasta mediodía, con todo eso, prontos siempre a cualquier trabajo, le obedecieron. Las trincheras eran defendidas vigorosamente por las cohortes que allí quedaron de guarnición, y con mucho mayor pertinacia por los tracios y otras tropas auxiliares de bárbaros. No así por los soldados huidos de la batalla, que rendidos a la fatiga y desaliento, casi todos, abandonadas armas y banderas, tenían más cuenta de proseguir la huida que de guardar los reales. Pero ni los que guarnecían las trincheras pudieron por mucho tiempo aguantar el granizo de los dardos, sino que acribillados de heridas, desampararon el puesto, y guiados de sus capitanes y jefes, todos a un tiempo escaparon a las cumbres más altas de los montes cercanos.

En los reales de Pompeyo fue cosa de ver las mesas puestas, los aparadores con tanta vajilla de plata, las tiendas alfombradas de floridos céspedes, y aun los pabellones de Lentulo y otros tales coronados de hiedra, fuera de otras muchas cosas que denotaban demasiado regalo y firme persuasión de la victoria; de donde fácilmente se podía inferir cuan ajenos estuvieron del contraste de aquel día los que con tanto esmero procuraban regalos excusados; y ésos eran los que al ejército pobrísimo y sufridísimo de César echaban en cara el lujo, cuando siempre anduvo escaso de las cosas más necesarias a la vida. Pompeyo, sintiendo a los nuestros dentro de las trincheras, montando a caballo, depuestas las insignias imperiales, echó a correr por la puerta trasera, y metiendo espuelas, va volando hacia Larisa. No paro allí, antes con la misma prisa, encontrando tal cual de los suyos que veían huyendo, sin cesar toda la noche, bajó a la marina con treinta caballos; y embarcado en un barco cargado de trigo, iba navegando y quejándose una y mil veces, según decían, «de su yerro en haberse prometido la victoria de unos hombres que, con haber sido los primeros a huir, tenían todos los visos de traidores».

César, apoderado de los reales, insistió con los soldados en que no perdiesen la ocasión de acabar la empresa por detenerse al pillaje, y recabándolo, determinó cercar el monte con trincheras. Los pompeyanos, no habiendo agua en él, mal satisfechos del sitio, trataron de acogerse a Larisa.

César que lo entendió, dividió sus tropas: parte de las legiones dejó en el campo de Pompeyo; parte remitió al suyo; tomó cuatro de ellas consigo, y por un atajo marchó al encuentro de los pompeyanos, y caminadas seis millas, se puso en orden de batalla. Los pompeyanos, luego que lo advirtieron, hicieron alto en un monte bañado de un río. César esforzando a sus soldados, aunque se hallaban muy cansados con la incesante fatiga de todo este día, y ya cerraba la noche; sin embargo, con una esclusa separó el río del monte, para que los pompeyanos no pudiesen venir por la noche a coger agua. Estando al fin ya la obra, enviaron diputados a tratar de la entrega. Algunos senadores, que se habían juntado con ellos, se salieron de noche huyendo.

En amaneciendo, César ordenó a los del monte que bajasen al llano y rindiesen las armas. Obedecieron sin réplica, con las manos alzadas, y postrados en tierra le pidieron la vida. Él, consolándolos, los mandó levantar, y apuntándoles algo de su clemencia para quitarles el miedo, los perdonó a todos, intimidando a los soldados no los tocasen ni en sus personas ni en sus cosas . Practicada esta diligencia, mandó que le acudiesen del campo otras legiones y que las que tenía consigo tomasen la vez de reposo en los cuarteles, y aquel mismo día entró en Larisa.

En esta batalla no echó de menos sino doscientos soldados, pero perdió treinta centuriones de los más valientes. Murió asimismo, haciendo prodigios de valor, aquel Crastino de quien arriba hicimos mención, atravesado el rostro de una estocada, cumpliendo puntualmente lo que había prometido al entrar en batalla, porque César creía firmemente que la fortaleza de Crastino fue sin par en el combate y había merecido todo su agradecimiento. Del ejército de Pompeyo se contaban al pie de quince mil muertos. Pero los que se rindieron fueron más de veinticuatro mil, porque también las guarniciones de los castillos se entregaron a Sila; otros muchos se refugiaron en las ciudades vecinas. Después de la batalla ciento ochenta banderas y nueve águilas fueron presentadas a César. Lucio Domicio, queriendo huir de los reales al monte, desmayado por falta de fuerzas, murió a manos de la caballería.

En este mismo tiempo Decio Lelio arribó a Brindis con su escuadra, y a imitación de Libón tomó la isleta que, como queda dicho, está delante del puerto. Vatinio, gobernador de Brindis, armó también sus chalupas entoldadas, y provocando a las naves de Lelio, tres de ellas que se adelantaron demasiado, es a saber, una galera de cinco órdenes de remos y dos menores, las apresó a la boca del puerto; asimismo por piquetes apostados de caballería no dejaba a la tripulación hacer aguada. Con todo esto, Lelio, aprovechándose de la buena estación para navegar, traía por mar agua de Corcira y de Durazo; ni desistía de su empeño, ni por mengua de las naves perdidas, ni por la falta de las cosas necesarias pudo ser expelido del puerto y de la isleta hasta tanto que supo el desastre de Tesalia.

Casi al mismo tiempo aportó Casio a Sicilia con su armada naval de Siria, Fenicia y Cilicia, y hallándose la de César en dos divisiones, una a cargo de Publio Sulpicio, pretor en Vibona cerca del Faro, la otra al mando de Marco Pomponio en el puerto de Mesina, primero surgió aquí Casio que Pomponio supiese que venía; y encontrándole asustado sin guardias ni tropa reglada, favorecido de un viento recio, disparó contra la escuadra de Pomponio unos navíos de carga atestados de teas, alquitrán, estopa y otras materias combustibles, abrasó todas sus treinta y cinco naves, de las cuales veinte eran entoldadas; y fue tan grande el susto que causó a todos este suceso, que habiendo una legión entera de guarnición en Mesina, apenas acertaban en la defensa de la plaza; y a no haber llegado en aquella sazón noticia de la victoria de César por la posta, los más tenían por cierto que se hubiera perdido. Pero llegando estas noticias al mejor tiempo, se mantuvo fuerte. Con que Casio enderezó de aquí hacia Cibona contra la escuadra de Sulpicio, y viendo nuestras naves arrimadas a tierra, por este mismo recelo, él hizo lo mismo que antes.

Ayudado del viento en popa, destacó cerca de cuarenta brulotes, y prendiendo fuego por los dos costados, cinco navíos quedaron hechos ceniza. Como las llamas por la impetuosidad del viento se fuesen extendiendo, los soldados de las legiones veteranas, que por sus achaques habían quedado en la isla de presidio, no pudieron sufrir tan grande afrenta, sino que por su propio impulso subieron a las naves, alzaron anclas, y arrojándose de golpe sobre la armada de Casio, apresaron dos galeras de cinco órdenes de remos, una de las cuales montaba él. Pero Casio, saltando al bote, logró escaparse. De allí a poco se supo tan ciertamente la función de Tesalia, que hasta los mismos pompeyanos la creían ya; siendo así que antes la tenían por invención forjada de los subalternos y apasionados de César. Con que desengañado Casio, levantó velas de estas costas con su armada.

César, ante todas las cosas, deliberó ir tras de Pompeyo dondequiera que se retirase huyendo, por no darle tiempo a que se rehiciese y renovase la guerra, y caminaba cada día tanto espacio cuanto podía aguantar la caballería, ordenando que le siguiese una legión a paso más lento. Estaba fijado en Anfipoli un edicto en nombre de Pompeyo, obligando a todos los mozos de aquella provincia, griegos y ciudadanos romanos, a que viniesen a dar el juramento; mas no se podía averiguar si Pompeyo lo había expedido con el fin de ocultar lo más que fuese posible su designio de proseguir la huida, o de mantener con nuevas levas la posesión de Macedonia, caso que no le persiguiesen. Lo cierto es que una noche se detuvo allí sin saltar a tierra y haciendo venir a bordo de su navío a los huéspedes que tenía en Anfipoli, y pedídoles por merced el dinero necesario para los gastos del viaje, noticioso de la venida de César, zarpó de aquella cala, y a pocos días surgió en Mitilene. Detenido allí dos días por el viento contrario, con el refuerzo de otros buques menores arribó primero a Cuida, y después a Chipre; sabe allí cómo todos los naturales de Antioquía y los ciudadanos romanos negociantes mancomunados se anticiparon a coger el alcázar para no dejarle entrar, despachando mensajeros a los desertores de su ejército acogidos a las ciudades confinantes, con apercibimiento que no pusiesen los pies en Antioquía, si no querían perder la cabeza. Otro tanto había sucedido en Rodas a Lucio Lentulo, cónsul el año antes, y al consular de Pompeyo y llegando de arribada a la isla, los excluyeron de la ciudad y del puerto, y enviándoles recado que se fuesen a otra parte, mal de su grado hubieron de volver la proa. Y ya en esto volaba por las ciudades la fama de la venida inminente de César.

Sabidos estos azares, Pompeyo, no pensando más en el viaje de Siria, alzándose con los caudales de la compañía de los asentistas, y recogidas otras cantidades de algunos particulares, gran porción de cobre para los usos de la guerra, y armados dos mil hombres, parte de los empleados en las casas de contratación, parte de los mancebos de mercaderes y de aquellos que sus propias gentes juzgaban útiles para la milicia, dirigió su rumbo a Pelusio. Hallábase aquí casualmente Tolomeo, niño de menor edad, con un poderoso ejército en actual guerra con su hermana Cleopatra, a quien pocos meses antes había desposeído del reino ayudado de deudos y privados, y las tropas de Cleopatra estaban a la vista. Pompeyo envióle a suplicar que le amparase en su desgracia, acogiéndole en Alejandría por respeto al hospedaje y amistad de su padre.

Los enviados por su parte, cumplida la comisión, empezaron a tratar familiarmente con los soldados del rey, empeñándolos a interponer sus buenos oficios a favor de Pompeyo y a no desamparar al caído. Muchos de éstos habían sido soldados de Pompeyo, y sacaron en Siria de su ejército; Gabinio los condujo consigo a la ciudad de Alejandría, donde acabada la guerra, los dejó al servicio de Tolomeo, padre de este niño.

En vista de esto los ministros del rey, que por su menor edad gobernaban el reino, ya fuese por temor, como después protestaban, de que Pompeyo, sobornando el real ejército, se hiciese dueño de Alejandría y de Egipto; ya por desestimarle en su triste situación, siendo cosa muy ordinaria en las desdichas el trocarse los amigos en enemigos, a los enviados otorgaron de palabra francamente lo que pedían, y dijeron que viniese el rey enhorabuena, mas de secreto traidoramente despacharon al capitán de guardias Aquilas, hombre por extremo osado, y al tribuno Lucio Septimio, para matarle. Saludando ellos cortesanamente a Pompeyo, y éste fiado del tal cual conocimiento que tenía con Septimio, por haber sido oficial suyo en la guerra contra los piratas, entra en el esquife con algunos de los suyos, y allí es asesinado por Aquilas y Septimio. También Lentulo es preso por el rey y degollado en la prisión.

Llegado César al Asia, halló que Tito Ampio había intentado en Efeso alzarse con el tesoro del templo de Diana, a cuyo efecto tenía convocados los senadores de la provincia para que fuesen testigos del importe, pero desconcertado su proyecto con la venida de César, huyó luego. Así fue que dos veces salvó César el tesoro efesino. Dábase también por cierto cómo en Elida, en el templo de Minerva, la imagen de la Victoria colocada enfrente de la diosa y mirándola antes cara a cara, de repente volvió el rostro a las puertas y al umbral del templo, y echada la cuenta por días, se halló haber sucedido este prodigio en el mismo día de la victoria de César. Ese mismo día, en Antioquía de Siria, por dos veces se sintió tanto clamor militar y tal estruendo de guerra, que toda la ciudad se puso en armas sobre los muros. Otro tanto acaeció en Tolemaida. En Pérgamo, dentro del sagrario del templo, donde a nadie es lícito entrar fuera de los sacerdotes (y por eso lo llaman los griegos inaccesible), tocaron por sí mismos los timbales. En Trales, en el templo de la Victoria, donde habían dedicado a César una estatua, se mostraba una palma que, arraigada en el pavimento del templo, asomó aquel día en el techo por entre las junturas de las piedras.

César, a pocos días de detención en Asia, oyendo que Pompeyo había sido visto en Chipre, conjeturando que iba de viaje a Egipto por lo mucho que aquel reino le debía y otras ventajas del país, haciéndose a la vela con la legión que le vino siguiendo por orden suya de Tesalia, y otra que pidió de Acaya al legado Fusio, y ochocientos caballos, y diez galeras de Rodas y algunas otras de Asia, desembarcó en Alejandría. Los legionarios de su convoy eran tres mil doscientos; los demás, desfallecidos por las heridas de tantas batallas y por la fatiga y el largor del camino, no pudieron andar tanto. César, empero, confiado en la fama de sus hazañas, no dudó aventurarse con tan débiles fuerzas; antes le parecía que por dondequiera iba seguro. En Alejandría se certifica de la muerte de Pompeyo : y no bien había saltado en tierra, cuando llegó a sus oídos la confusa gritería de los soldados puestos por el rey de guarnición en la ciudad; y repara que la gente se alborota, porque le precedían las insignias consulares, voceando todos ser esto en menoscabo de la majestad del rey. Apaciguado este tumulto, cada día se suscitaban otros nuevos por la gran chusma del pueblo desenfrenado, matándole muchos soldados por cualquiera parte de la ciudad.

César, visto el desconcierto, mandó traer del Asia otras legiones formadas de los soldados de Pompeyo, ya que se veía precisado a mantenerse allí por los vientos que reinaban en aquella estación totalmente contrarios para salir de Alejandría. Entre tanto, juzgando que las diferencias de los reyes tocaban al tribunal del Pueblo Romano y al suyo en cuanto cónsul, mayormente que por ley y decreto del Senado se había hecho confederación con Tolomeo el padre en su primer consulado, significóles ser su voluntad que así el rey Tolomeo como su hermana Cleopatra despidiesen sus tropas y pleiteasen ante su persona con razones y no entre sí con las armas.

Tenía mucha mano en el gobierno del reino su ayo, que era un eunuco por nombre Potino. Éste primeramente comenzó a sembrar quejas entre los suyos y mostrarse ofendido de que un rey fuese citado a dar razón de sí, después, valiéndose de la ayuda y confianza de algunos queridos del rey, con gran secreto hizo venir de Palusio a la corte toda la tropa y por comandante aquel Aquilas arriba mencionado, a quien prometiendo montes de oro en nombre suyo y del rey, le declaró sus intenciones por cartas y terceros. En el testamento de Tolomeo el padre eran señalados herederos, de los dos hijos, el primogénito, y la mayor de las dos hijas. Concluía el testamento conjurando al pueblo romano con grandes plegarias por todos los dioses y el trato de alianza firmado en Roma, que se cumpliese así a la letra. Sacáronse dos copias del testamento; una llevaron a Roma sus embajadores para guardarla en el archivo, si bien no pudiendo lograrlo a causa de los muchos negocios públicos, se depositó en casa de Pompeyo; la otra, refrendada y sellada en Alejandría, era la que ahora se presentaba.

Cuando se estaban ventilando esos puntos ante César, y él con más empeño en razón de amigo y árbitro desapasionado procuraba componer los intereses encontrados de los reyes, al improviso se halla con la novedad de que venía marchando todo el ejército del rey hacia la corte. La gente de César no era tanta que bastase a contrastarle sin riesgo fuera de la ciudad. El único recurso era fortificarse bien dentro de sus alojamientos y ver por dónde Aquilas rompía. Entre tanto armó todos sus soldados, y rogó al rey que de sus confidentes enviase los más acreditados para notificarles su real beneplácito. Fueron en efecto enviados Dioscórides y Serapión, embajadores que habían sido en Roma de Tolomeo el padre, con quien privaban mucho. Apenas los vio Aquilas, antes de oír a qué venían, los mandó arrestar y matar al momento. Uno de ellos, amortecido al primer golpe, fue retirado de los suyos por muerto; el otro murió efectivamente. Con esta demostración logró César el tener el rey de su parte; y por razón de la gran reverencia con que sabía era mirada la majestad real entre los suyos, él persuadir a todos que aquella guerra se hacía sin consentimiento del rey por sola malicia de algunos malcontentos y ésos unos forajidos.

Verdad es que las tropas de Aquilas no eran de menospreciar, ni por el número, ni por la calidad de gente, ni por la disciplina militar. Llegaban a veinte mil combatientes, que se componían de los soldados de Gabinio, ya hechos a la manera de vivir de los alejandrinos y a su disolución; olvidados del nombre y severidad del Pueblo Romano, estaban aquí casados, y los más con hijos; otros eran gente allegadiza de los corsarios y bandoleros de Siria, de Cilicia y de las provincias comarcanas, además de muchos menguados y bandidos. Todos nuestros esclavos fugitivos encontraban segura acogida y cierto acomodo en Alejandría sólo con asentar plaza de soldados; y si alguno caía en manos de su amo, luego concurrían en tropel a sacarle de ellas, porque la defensa de estos tales la miraban como propia, considerándose culpados ellos mismos. Éstos, conforme al estilo antiguo de la soldadesca alejandrina, siempre que se les antojaba, pedían la muerte de los ministros de los reyes, saqueaban las casas de los ricos, a fin de aumentar su sueldo, sitiaban el palacio real, derribaban a unos del trono, a otros colocaban en él. Fuera de éstos se contaban dos mil hombres de a caballo, que habían gastado toda su vida en las guerras frecuentes de Alejandría. Éstos habían restituido a Tolomeo padre en su reino, muerto a dos hijos de Bibulo y peleado muchas veces con los egipcios: ésta era toda su experiencia en la milicia.

Confiado, pues, Aquilas en estas tropas y despreciando el corto número de los soldados de César, se echa sobre Alejandría, y encaminándose luego a los cuarteles de César, intenta forzar al primer ímpetu su alojamiento. Pero éste, apostando a sus soldados en las bocas de las calles, contrarrestó su furia. Al mismo tiempo hubo un choque en el puerto, el cual fue muy reñido y porfiado, por cuanto divididas las tropas, a un tiempo se peleaba en diferentes calles, porque los enemigos en gran número ponían todo su esfuerzo en apresar las galeras arrimadas al muelle. Cincuenta de ésas eran de las que venían de socorro a Pompeyo, que después de la batalla de Tesalia dieron acá la vuelta, y eran todas de tres y cinco órdenes de remos, bien equipadas y tripuladas. Además de éstas, había veintidós cubiertas por encima, destinadas a la defensa de la ciudad, que, una vez cogidas, arruinada la marina de César, quedarían dueños del puerto y de toda la mar, y le cortarían los víveres y socorros. Así que se trabó la pelea con tanto calor como el caso lo pedía: viendo él que del buen éxito dependía la pronta victoria, y ellos que aseguraban su vida. Pero al fin César salió con la suya, quemando todas aquellas naves y las demás reservadas en los arsenales, atento a que no era posible conservarlas por tantas bandas con tan poca gente; y sin detenerse fue a desembarcar con sus soldados a la concha del Faro.

El Faro es una torre altísima de fábrica maravillosa en medio de una isleta del mismo nombre. Esta isla, situada frente a Alejandría, forma con ella el puerto, si bien en tiempos antiguos se comunicaba con la ciudad por un dique estrecho y un puente que tiene de largo novecientos pasos. Hay en esta isleta varias caserías de gitanos y un arrabal comparable a una villa, y viene a ser una madriguera de corsarios que se echan sobre cualquier embarcación que, por inadvertencia o por alguna tempestad, se extravía por allí, y la roban. Por lo demás, si no quieren los que son dueños del Faro, es imposible, por ser la garganta estrecha, la entrada de ningún navío en el puerto de Alejandría. En atención a esto, César, mientras los enemigos estaban más empeñados en el combate, con el desembarco de sus soldados se apodera del Faro y pone presidio en él. Con eso se consiguió el poder proveerse más seguramente de vituallas y socorros. En efecto, despachó luego a buscarlos por el contorno y los juntó de las regiones cercanas. En las demás partes de Alejandría se prosiguió la refriega sin ventaja por ninguna de las partes, manteniendo cada cual firme su puesto, con pocas muertes a causa de la estrechura de las calles.

César, ocupando los lugares más importantes, los fortificó de noche, comprendiendo entre ellos la pequeña estancia del palacio real donde le alojaron desde el principio, pared por medio del teatro que servía de alcázar, con salida para el puerto y los arsenales. Estos lugares fuertes los guarneció los días siguientes con nuevos reparos, para defenderse como con una muralla contra los ataques y no ser obligado al combate por fuerza. En esto, la hija menor del rey Tolomeo, esperando ocupar el trono vacante, se trasladó de la corte al campo de Aquilas y empezó con él a dar órdenes en los negocios de la guerra; pero bien pronto riñeron sobre quién había de mandar más, competencia que aumentó los gajes a los soldados, solicitando cada cual con dispendios granjear las voluntades de la tropa. Mientras esto pasaba entre los enemigos, Potino, ayo del rey niño, gobernador del reino en el partido que sostenía César, fue cogido en flagrante con cartas para Aquilas en que le exhortaba a no desistir de la empresa ni caer jamás de ánimo; descubiertos y arrestados sus emisarios, fue condenado a muerte por César. De aquí tuvo principio la guerra de Alejandría.

LIBROS

9 798889 267342 6